Pierluigi Romeo di Colloredo Mels

Leonessa, a noi!

La 15a Legione Camicie Nere d'Assalto "Leonessa" nella guerra italo- greca (1941).

ISBN: 9788893273848 prima edizione Ottobre 2018

SPS-045 - Leonessa, a noi! La 15a Legione Camicie Nere d'Assalto "Leonessa" nella guerra italo-greca (1941).
by Pierluigi Romeo di Colloredo Mels. Presentazione di Luca S. Cristini.
Editor: Luca Cristini Editore per i tipi di Soldiershop serie Storia - Cover & Art Design: L.S. Cristini.

Pierluigi Romeo di Colloredo Mels è nato a Roma nel 1966.
Archeologo e storico militare, è autore di numerosi lavori sulla storia delle due guerre mondiali e dei conflitti del periodo interbellico, Etiopia e Spagna, e delle unità della MVSN, argomento del quale è considerato uno dei maggiori esperti a livello internazionale.
Tra i suoi ultimi lavori ricordiamo *Camicia Nera! Storia delle unità combattenti della Milizia Volontaria Sicurezza Nazionale dalle origini al 25 luglio*, *Südfront. Il Feldmaresciallo Albert Kesselring nella campagna d'Italia 1943- 1945*, e *Am Arsch der Welt. Le quattro battaglie di Cassino, 1944*.
Collabora con le riviste *Nova Historica*, *Storia in Rete*, *Ritterkreuz* e *Il Primato Nazionale*.

INDICE

Introduzione

Argomento di questo lavoro è la presenza della 15ª Legione Camicie Nere d'assalto *Leonessa* su un fronte oggi dimenticato, quello greco- albanese, ma di capitale importanza nell'ambito della *guerra parallela* condotta da Mussolini tra il 1940 ed il 1941, *guerra parallela* conclusasi proprio a seguito dell'insuccesso dell'invasione della Grecia e del successivo conflitto che vide la controffensiva greca penetrare in territorio albanese, venendo arrestata nel febbraio; si trattava di una delle migliori unità delle Forze armate italiane nel conflitto mondiale, la 15ª Legione CC.NN. d'Assalto *Leonessa*, che oltre che sul teatro albanese ebbe modo di segnalarsi in Russia come Gruppo Battaglioni M e, dopo la resa del settembre 1943, nella R.S.I. come Gruppo Corazzato.

Il ruolo della Milizia nella guerra è stato a lungo sottovalutato, o meglio taciuto, se non demonizzato da una storiografia ottusamente antifascista, in cui il contenuto ideologico ha offuscato o volutamente alterato la realtà dei fatti per pura ideologia. Una decina di anni fa citavamo a tal proposito una frase di Federico Chabod.

La maniera in cui la vulgata *(per usare un termine caro a Renzo De Felice) presenta gli avvenimenti della prima metà del XX secolo, soprattutto degli anni tra il 1918 ed il 1945, sembra esser regredita all'idea medievale di una storia avente una funzione moralistico-utilitaria, di cui Federico Chabod scriveva:* il pensiero medievale (...) assegna alla storia, e di conseguenza alle ricerche di storia, un compito non autonomo, bensì totalmente subordinato ai più alti fini dell'etica e della teologia[1]

Da allora la situazione è se possibile ancor più peggiorata, anche grazie all'intervento di alcuni politici (compresa un'ex presidentessa della Camera dei Deputati) con deliranti campagne volte a demolire monumenti ed a imporre leggi ideologiche e contrarie anche alla tanto esaltata, almeno a parole, costituzione *più bella del mondo* (ma Gaetano Salvemini la definiva ben altrimenti!).

Ci auguriamo che questo nostro lavoro possa contribuire a sfatare miti e leggende nere- e ci si perdoni il gioco di parole! - ed a ristabilire la realtà dei fatti.

Infine nelle appendici sono riportati l'inno della 15ª Legione, *La Leonessa*, e l'organigramma completo dei battaglioni, legioni e Raggruppamenti della Milizia che operarono sul fronte greco.

Pierluigi Romeo di Colloredo Mels.

---

1 F. Chabod, *Lezioni di metodo storico*, Roma- Bari 1999, pp.11 e 9- 10, cit. in P. Romeo di Colloredo, *I Pilastri del Romano Impero. Le Camicie Nere in Africa Orientale*, Genova 2009,prefazione.

LA 15a LEGIONE CAMICIE NERE D'ASSALTO
LEONESSA
NELLA GUERRA ITALO- GRECA
(1941)

L' assaltatore.
(Cartolina edita dall'Ufficio Storico della M.V.S.N.)

1.

EMERGENZA G:
LA GUERRA ITALO- GRECA.

La prima idea di un possibile scontro con la Grecia - che inequivocabilmente, malgrado il regime di stampo fascista di Ioannis Metaxas2, simpatizzava con la Gran Bretagna favorendone le operazioni marittime e costituendo così un potenziale pericolo per la nostra lotta nel Mediterraneo - risaliva all'agosto 1940. Il *metaxismo*, o fascismo greco era ispirato anche nella ritualità a quello italiano: come simbolo era un fascio con un'ascia bipenne, chiaramente ispirata al fascio littorio, il saluto a braccio levato era detto *saluto greco*, veniva indossata come divisa la camicia blu scuro, e l' organizzazione giovanile del popolo, EON (*Εθνική Οργάνωση Νεολαίας*), imitava la G.I.L. anche nelle divise; tuttavia Metaxas guardava con maggior favore alla Gran Bretagna e alla Germania che all'Italia, considerata una pericolosa fonte di minaccia- il precedente dell'occupazione italiana di Corfù nel 1923 non era stato dimenticato- soprattutto dopo l'occupazione dell'Albania. Appare dunque quantomeno ridicolo se non patetico il tentativo da parte di certa storiografia di sinistra di descrivere l'invasione italiana come l'aggressione fascista ad un paese democratico! In realtà gli italiani si trovarono di fronte avversari fascisti profondamente motivati, paragonabili come ideologia alla M.V.S.N. piuttosto che al Regio Esercito, molto meno ideologizzato di quello greco. Si aggiunga che l'EON inquadrava tutti i greci dai due ai trent'anni (contava 1.250.000 membri nel 1940), quindi la quasi totalità dei combattenti ellenici aveva ricevuto un indottrinamento di stampo fascista che non mancò di riflettersi sul campo di battaglia

Nell'agosto del 1940 il Duce chiese allo Stato Maggiore del Regio Esercito di studiare un piano d'attacco alla Grecia, piano che prese il nome di *Emergenza G*, e dal quale risultò il computo delle forze ritenute necessarie per l'eventuale conflitto: queste forze furono valutate a 20 divisioni; fu studiato il trasporto in Albania di quante divisioni mancavano per raggiungere il numero di 20, giacché 5 erano dislocate in posto e per altre 3 era già previsto l'invio entro il mese di settembre. Per la fine di questo mese sulle 8 divisioni presenti, 6 si sarebbero schierate al confine greco 22 su quello iugoslavo.

Era previsto come necessario l'invio in Albania dei materiali, dei quadrupedi, degli automezzi occorrenti per fare combattere le truppe in quelle zone montuose, con

---

2Sul fascismo greco, cfr. A. Markessinis, *Introduction Au Fascisme Grec*, Athens 2011; A. A. Kallis, "Fascism and Religion: The Metaxas Regime in Greece and the 'Third Hellenic Civilisation': Some Theoretical Observations on 'Fascism', 'Political Religion' and 'Clerical Fascism'", *Totalitarian Movements and Political Religions*, 8,2 (2007), pp 229–246..

quel clima, con la nota deficienza di vie di comunicazione e di porti di sbarco, particolare di quel teatro di operazioni.

Il piano rimase allo stato di progetto giacché in quel periodo si andavano verificando (o si presumeva si andassero verificando) condizioni politiche particolarmente favorevoli ad una incursione in Epiro con poche truppe e pochi mezzi, incursione che avrebbe dovuto dare, appoggiata da ribellioni alle spalle delle truppe greche e a una deficiente volontà di resistenza del Governo Ellenico, gli stessi risultati dell'operazione studiata dallo Stato Maggiore con l'impiego delle 20 divisioni.

Per controbilanciare le iniziative e la penetrazione germanica nei Balcani e nella convinzione che le condizioni favorevoli previste fossero realtà, fu decisa la guerra alla Grecia. Scrive Ciano nel suo *Diario*:

12 OTTOBRE – Torna il Duce. (...) soprattutto è indignato per l'occupazione germanica della Romania. Dice che ciò ha profondamente e malamente impressionato l'opinione pubblica italiana, poiché dall'Arbitrato di Vienna nessuno si aspettava questo risultato. "Hitler mi mette sempre di fronte al fatto compiuto. Questa volta lo pago della stessa moneta: saprà dai giornali che ho occupato la Grecia. Così l'equilibrio verrà ristabilito." Domando se è d'accordo con Badoglio: "Non ancora" risponde. "Ma do le dimissioni da Italiano se qualcuno trova delle difficoltà per battersi coi greci." Ormai il Duce sembra deciso ad agire. In realtà, credo l'operazione utile e facile.

Il Duce convocò quindi una riunione a Palazzo Venezia per il 15 ottobre 1940 alle undici di mattina: vi parteciparono il Ministro Ciano, il Luogotenente Jacomoni, il Maresciallo Badoglio Capo di S.M. Generale, i Generali Soddu, Roatta e Visconti Prasca, quest'ultimo comandante delle truppe in Albania. Data l'importanza che detta riunione riveste nella storia della condotta italiana della guerra, e per le gravissime conseguenze che ne derivarono, giova riportarne il resoconto completo.

Il Duce esordì:

Lo scopo di questa riunione è quello di definire le modalità dell'azione, nel suo carattere generale, che ho deciso di iniziare contro la Grecia.

Questa azione, in un primo tempo, deve avere obiettivi di carattere marittimo e di carattere territoriale.

Gli obbiettivi di carattere territoriale ci debbono portare alla presa di possesso di tutta la costa meridionale albanese, quelli cioè che ci devono dare la occupazione delle isole ioniche Zante, Cefalonia, Corfù, e la conquista di Salonicco.
Quando noi avremo raggiunto questi obiettivi, avremo migliorate le nostre posizioni nel Mediterraneo, nei confronti con l'Inghilterra. In un secondo tempo, od in concomitanza di queste azioni, la occupazione integrale della Grecia, per metterla fuori combattimento e per assicurarci che in ogni circostanza rimarrà nel nostro spazio politico-economico.
Precisata così la questione, ho stabilita anche la data, che a mio avviso non può

essere ritardata neanche di un'ora; cioè il 26 di questo mese.
Questa è un'azione che ho maturato lungamente da mesi e mesi; prima della nostra partecipazione alla guerra ed anche prima dell'inizio del conflitto.
Stabiliti questi punti essenziali, si tratta ora di esaminare come dovrà svolgersi questa azione e perciò ho mandato a chiamare il luogotenente generale ed il comandante delle truppe dell'Albania perché ci facciano un quadro politico e militare, in modo che noi possiamo determinare tutte le misure idonee per raggiungere, nel migliore dei modi e nei più convenienti termini di tempo, i nostri obiettivi.
Aggiungo che non vedo complicazioni al nord. La Jugoslavia ha tutto l'interesse di stare tranquilla, come del resto appare anche da pubbliche dichiarazioni di organi ufficiali che escludono la possibilità di complicazioni, salvo che si tratti di difendere il paese.
Complicazioni di carattere turco le escludo, specialmente da quando la Germania si è impiantata in Romania, e da quando la Bulgaria si è rafforzata. Essa può costituire una pedina nel nostro gioco, ed io farò i passi necessari perché non perda questa occasione unica per il raggiungimento delle sue aspirazioni sulla Macedonia e per lo sbocco al mare. Stabiliti gli obiettivi e la data, si tratta ora di vedere gli altri aspetti della situazione, in modo da potere, in base ad essi, determinare le misure e i mezzi da prendere.
Invito il luogotenente generale dell'Albania ad esporre come vede la situazione.

Jacomoni : *In Albania si attende quest'azione ansiosamente. Il paese è impaziente e pieno di entusiasmo; anzi si può affermare che l'entusiasmo è così vivo che in questi ultimi tempi ha avuto qualche disillusione perché l'azione non è stata ancora iniziata. Abbiamo provveduto molto seriamente all'approvvigionamento del paese. Esiste il pericolo 'porto di Durazzo', nel senso che se venisse bombardato avremmo delle difficoltà nei rifornimenti. La questione stradale ha fatto molti progressi, pur senza volerla considerare come risolta. Come appare la situazione della Grecia vista dall'Albania?*

Mussolini: *Questo appunto si tratta di sapere.*

Jacomoni : *È molto difficile precisarlo. L'opinione pubblica è ostentatamente noncurante. Abbiamo pubblicato che era stata uccisa la nipote del noto patriota albanese trucidato, ma hanno risposto smentendo il fatto. Dalle notizie dei nostri informatori risulta che mentre due mesi fa i greci non sembravano propensi ad una seria resistenza, ora appaiono decisi ad opporsi alla nostra azione.*
La radio clandestina che abbiamo posta ad Argirocastro, con la quale svolgiamo un'attiva propaganda, è molto ascoltata e ci risulta che ottiene degli effetti. Credo che la resistenza greca sarà diversamente influenzata a seconda che la nostra azione sarà celere, decisa ed imponente, oppure prudente e limitata. Vi è poi da considerare quale aiuto i greci possano ricevere dagli inglesi via mare.

Mussolini: *Escludo nel modo più assoluto l'invio di uomini; anche l'Aviazione non ha forze da distogliere.*

Jacomoni: *L'unica preoccupazione potrebbe derivare dall'occupare parzialmente la Grecia, inquantoché gli inglesi, da rimanenti basi, nel caso fossero in grado di mandare forze aeree imponenti, potrebbero portare le loro offese nell'Italia meridionale ed in Albania. Gli apparecchi dell'Aviazione greca sono centoquarantaquattro, ciò che non costituirebbe una seria apprensione.*

Mussolini: *Qual'è lo stato d'animo della popolazione in Grecia?*

Jacomoni : *Appare molto profondamente depresso.*

Ciano: *Vi è una scissione netta tra la popolazione ed una classe dirigente, politica, plutocratica, che è quella che anima la resistenza e mantiene vivo lo spirito anglofilo nel paese. È questa una piccolissima classe molto ricca, mentre l'altra parte è indifferente a tutti gli avvenimenti, compreso quello della nostra invasione.*

Jacomoni : *Hanno suscitato molta impressione sulla popolazione greca le notizie che ho fatto divulgare sull'altezza dei salari in Albania.*

Su invito del Duce, Visconti Prasca espose quindi il proprio piano d'azione (operazioni con le 6 divisioni schierate a Sud) che garantiva l'occupazione dell'Epiro e del passo di Metzovo, sulla catena montagnosa del Pindo, per tagliare le comunicazioni tra le truppe greche dell'Epiro e le forze provenienti dalla Macedonia:

Mussolini: *Invito il generale Visconti Prasca ad esporre la situazione militare.*

Visconti Prasca: *Noi abbiamo preparata una operazione contro l'Epiro, che sarà pronta per il 26 corrente e che si presenta sotto auspici molto favorevoli. La situazione geografica dell'Epiro non favorisce la possibilità alle altre forze greche di intervenire, perché da una parte vi è il mare e dall'altra una intransitabile fascia alpina. Questo scacchiere ci permette una serie di avvolgimenti delle forze greche, calcolate a circa trentamila uomini; ciò che ci consente l'occupazione dell'Epiro in breve tempo: dieci o quindici giorni. Questa operazione, che potrebbe consentirci di liquidare tutte le truppe greche, è stata preparata fin nei minimi dettagli, ed è perfetta per quanto è umanamente possibile. La riuscita dell'azione ci porterebbe a migliorare le nostre posizioni, ci darebbe una frontiera più sicura ed il possesso del porto di Prevesa, che fa cambiare completamente la nostra situazione. Questa è la prima fase della nostra operazione, da condurre a fondo nel modo migliore. L'azione però è subordinata alle condizioni climatiche. Tra alcune settimane la stagione delle piogge provocherebbe serie difficoltà per la conquista dell'Epiro e della base di Prevesa.*

Mussolini: *La data dell'inizio delle operazioni può essere anticipata ma non ritardata.*

Visconti Prasca: *Lo spirito delle truppe è altissimo, l'entusiasmo è al massimo* grado. *Non ho mai avuto a lagnarmi delle truppe in Albania. L'unica manifestazione di indisciplina che ho dovuto riscontrare è stata quella di ufficiali e soldati per eccesso nell'ansia di voler andare avanti e di voler combattere.*

Mussolini: *Quante forze avete?.*

Visconti Prasca : *Circa settantamila uomini, oltre ai battaglioni speciali. Rispetto alle truppe che ci sono di fronte, circa trentamila uomini, abbiamo una superiorità di due ad uno.*

Mussolini: *E per quello che riguarda i mezzi. carri armati, difese campali, eccetera, del nemico?*

Visconti Prasca: *L'unica preoccupazione è costituita dall'aiuto che potrebbe essere dato all'avversario dall'Aviazione inglese, giacché quella greca, per me, non esiste. Per quanto riguarda il fronte di Salonicco, bisogna fare qualche riserva a causa dell'andamento stagionale. Si potrebbe dare corso all'azione nell'Epiro.*

Mussolini: *L'azione su Salonicco è importante, perché bisogna impedire che diventi una base inglese.*

Visconti Prasca: *Per questa azione ci vuole un certo tempo. Il porto di sbarco è Durazzo, che dista da Salonicco circa trecento chilometri. Occorreranno perciò un paio di mesi.*

Mussolini: *Tuttavia si può impedire agli inglesi di sbarcare a Salonicco. È importante che anche su questo fronte avviate due divisioni, perché potrebbe determinarsi il concorso bulgaro.*

Visconti Prasca: *Anche per iniziare la marcia su Atene la base di tutto è l'occupazione dell'Epiro e del porto di Prevesa.*

Mussolini: *E l'occupazione delle tre isole: Zante, Cefalonia e Corfù.*

Visconti Prasca: *Certamente.*

Mussolini: *Queste azioni devono essere svolte contemporaneamente. Conoscete quale sia il morale dei soldati greci?*

Visconti Prasca: *Non è gente che sia contenta di battersi.*

Mussolini: *Adesso un'altra cosa ancora. Fissata la data, si tratta di sapere come diamo la parvenza della fatalità di questa nostra operazione. Una giustificazione di carattere generale è quella che la Grecia è alleata dei nostri nemici, i quali si servono delle sue basi, eccetera, ma poi ci vuole l'incidente, per il quale si possa dire che noi entriamo per mettere l'ordine. Se questo incidente lo fate sorgere è bene, se non lo determinate è lo stesso.*

Jacomoni: *Io posso fare qualcosa sulle frontiere: incidenti fra ciamurioti ed autorità greche.*

Visconti Prasca: *Abbiamo predisposto delle armi e bombe francesi per fare un finto attacco.*

Mussolini: *Tutto questo ha un valore assolutamente trascurabile per me; è per dare un po' di fumo. Tuttavia è bene se potete fare in modo che ci sia l'appiglio all'accensione della miccia.*

Ciano: *Quando volete che l'incidente avvenga?*

Mussolini: *Il 24.*

Ciano: *Il 24 ci sarà l'incidente.*

Mussolini: *Nessuno crederà a questa fatalità, ma per una giustificazione di carattere metafisico si potrà dire che era necessario venire ad una conclusione. Quello che occorre in questo genere di operazioni è di agire con la massima decisione, perché qui è il segreto del successo, anche nei confronti di quelli che potrebbero essere gli aiuti estranei. Ora bisogna dare questo alibi in modo che si possa dire: Non vi è nulla da fare. Volete andare al soccorso di questa gente che è già battuta?. Questo è un discorso che i turchi potrebbero fare e che anche gli inglesi troverebbero conveniente seguire.*

Visconti Prasca: *L'operazione è stata preparata in modo da dare l'impressione, di un rovescio travolgente in pochi giorni.*

Mussolini: *Per la responsabilità che mi assumo in questa faccenda vi dico di non preoccuparvi eccessivamente di quelle che possono essere le perdite, pur essendo sollecito, dal punto di vista umano, per la vita di un solo soldato. Dico ciò perché alle volte un capo si ferma in considerazione delle gravi perdite subite.*

Visconti Prasca: *Ho ordinato che i battaglioni attacchino sempre, anche contro una divisione.*

Badoglio: *La questione riguarda due argomenti: quello greco e quello dell'aiuto inglese. Io sono con voi completamente nel ritenere quasi sicura l'esclusione di sbarchi inglesi. Essi sono molto più preoccupati dell'Egitto che non della Grecia e nel Mediterraneo mettono mal volentieri le truppe sui piroscafi. Pertanto il solo possibile aiuto sarebbe quello dell'Aviazione. A questa previsione si potrebbe adottare il correttivo di far coincidere l'azione contro la Grecia con quella per Marsa Matruh. In questo caso è ben difficile che distolgano dei velivoli dall'Egitto per mandarli in Grecia. Ciò si può fare, perché per il 26 corrente anche Graziani può essere pronto.*

Mussolini: *Io sarei per un anticipo di alcuni giorni per l'azione di Graziani. E poi il fatto della conquista di Marsa Matruh renderà ancora più difficile la possibilità di un simile aiuto, specialmente prevedendo che noi non ci ferrneremo. Perduto il cardine dell'Egitto, anche se Londra potesse ancora sostenersi, l'impero inglese sarebbe in uno stato di disfatta. Le Indie sono in una situazione di insofferenza e gli inglesi non potrebbero più ricevere dal Sud Africa e dalla spina del Mar Rosso. Aggiungo urna considerazione di carattere morale, e cioè che questo successo africano sarebbe di spinta ai soldati in Albania. Lo so perché io desidero nelle due azioni un sincronismo, con un leggero anticipo su quella africana.*

Badoglio: *Esaminando ora il problema greco, affermo che fermarci al solo Epiro non corrisponde alla situazione. Non esagero dicendo che dobbiamo occupare anche Candia e la Morea3, se vogliamo occupare la Grecia. L'operazione per l'Epiro studiata da Visconti Prasca va bene. Dato in sicurezza il fianco sinistro; le forze avversarie non dovrebbero presentare molte difficoltà. Abbiamo l'Aviazione.*

Mussolini: *Noi metteremo nelle operazioni per lo meno quattrocento apparecchi, anche in vista di quello che può essere l'apporto inglese.*

Badoglio : *Bisogna che occupiamo tutta la Grecia, se il problema vuol essere redditizio. Per questo occorrono circa venti divisioni, mentre in Albania ne abbiamo nove, più una di cavalleria, evidente che in queste condizioni occorrono tre mesi.*

Roatta: *Tenendo conto di tutto, possiamo contare sull'equivalente di undici divisioni. Per non fermarci all'Epiro, bisognerebbe intensificare l'invio di truppe. Ciò anche per non dare la sensazione che non abbiamo più fiato per andare avanti.*

Mussolini: *Adesso mi pare che le idee si vadano precisando: operazione nell'Epiro-Salonicco; osservazione di quello che può succedere a causa dell'intervento bulgaro, che ritengo probabile. Concordo pienamente per l'occupazione di Atene.*

Visconti Prasca: *Poi da Atene noi, in fondo, tagliamo la Grecia ed a Salonicco possiamo andarci partendo dalla capitale.*

Mussolini: *Dal punto marginale dell'occupazione dell'Epiro fino ad Atene che distanza intercorre?*

Visconti Prasca: *Duecentocinquanta chilometri, con una rete stradale mediocre.*

Mussolini: *E il terreno com'è?*

Visconti Prasca: *Colline alte, aspre e brulle.*

3Creta ed il Peloponneso. Ciò che in effetti fecero i tedeschi nell'aprile 1941.

Mussolini: *E le direzioni delle valli?*

Visconti Prasca: *Est-ovest, quindi proprio in direzione di Atene.*

Mussolini: *Questo è importante.*

Roatta: *Ciò è vero fino ad un certo punto, perché bisogna attraversare una catena di duemila metri di altezza.* (Roatta illustrò al Duce una carta geografica della zona).

Visconti Prasca: *Sono terreni sui quali ci sono una quantità di mulattiere.*

Mussolini: *Le avete percorse queste strade?*

Visconti Prasca: *Sì, parecchie volte.*

Mussolini: *Adesso veniamo ad altri due argomenti. Precisato tutto ciò, quante divisioni supplementari ritenete che sia necessario di inviare in Albania per occupare tutto il territorio che conduce ad Atene?*

Visconti Prasca: *In un primo tempo, basterebbero tre divisioni organizzate da montagna; naturalmente le circostanze decideranno. Ora queste truppe si potrebbero portare nel porto di Atta in una notte sola.*

Mussolini: *Altro argomento: apporto albanese in truppe regolari, ed in bande, alle quali dò una certa importanza.*

Visconti Prasca: *Abbiamo presentato un piano al riguardo. Si vorrebbero organizzare bande da duemilacinquecento a tremila uomini, inquadrate da nostri ufficiali.*

Jacomoni: *Le domande sono infinite. Molti musulmani non conviene mandarli per evitare che facciano molte vendette.*

Mussolini: *Quindi un certo numero di bande le potete organizzare?*

Visconti Prasca: *È tutto organizzato. Ho già fatto un telegramma perché tengano tutto pronto e perché avvertano gli individui.*

Mussolini: *Come le armate?*

Visconti Prasca: *Qualche mitragliatrice leggera e bombe.*

Mussolini: *Adesso un altro aspetto della situazione. Quali misure avete prese al confine iugoslavo?*

Visconti Prasca: *Abbiamo due divisioni ed un battaglione di carabinieri e finanza.*

In sostanza una copertura discreta.

Mussolini: *Non credo che ci saranno attacchi da quelle parti, e poi le truppe si appoggiano a dei caposaldi già predisposti.*

Visconti Prasca: *Bisogna aggiungere che il terreno si presta bene per la difesa. Si potrebbe verificare qualche infiltrazione attraverso i boschi, di piccoli reparti, ma niente di temere, perché abbiamo il confine tutto guarnito. Un posto di finanza ogni cinquecento o seicento metri.*

Jacomoni: *In Albania vi sarebbe il desiderio di qualche richiamo di classi.*

Mussolini: *Che gettito fornisce ogni classe?.*

Jacomoni: *Circa settemila uomini.*

Mussolini: *Questo è da considerarsi con attenzione. Sono forze che, pur senza trascurare o respingere, non bisogna che costituiscano un apporto eccessivo, per non far credere che l'Epiro sia stato da esse conquistato. Una certa partecipazione degli elementi albanesi, che non disturbi la popolazione, sarebbe opportuna. Farei chiamare dire o tre classi. La difesa controaerei deve costituire poi oggetto del nostro particolare interesse, perché bisogna evitare, nella misura del possibile, i bombardamenti della zona petrolifera, delle città albanesi, ed i paragoni che potrebbero essere fatti in confronto della migliore difesa delle città delle Puglie. Occorre quindi apprestare mezzi antiaerei di notevoli proporzioni.*

Soddu: *Ho già disposto che siano spediti i settantacinque Skoda avuti dalla Germania.*

Tutti approvarono: i favorevoli (Ciano ed Jacomoni) e i contrari (Badoglio, Roatta per lo S.M. e Soddu per il Ministero della guerra). L'azione fu decisa in un primo momento per il 26 ottobre, poi rimandata al 28, giorno in cui fu realmente presentato l'ultimatum alla Grecia.

A dimostrare l'incondizionata approvazione di Badoglio, riportiamo integralmente la lettera da lui indirizzata al Generale De Vecchi, in quel periodo governatore delle isole italiane in Egeo:

Comando Supremo - Il Capo di S.M. Generale - 22/10/1940

Caro De Vecchi,

Il 28 ha inizio la spedizione punitiva contro la Grecia. Questi greci avranno il trattamento che si sono meritati. Certamente vi sarà una reazione della flotta e dell'Aviazione Inglese: ben vengano, siamo pronti a riceverli. Per l'Egeo sto tranquillissimo, ci siete voi ed i vostri magnifici soldati. A partire dalla mezzanotte del 27-28 silurate tutto quello che porta bandiera greca.

Viva l'Italia, viva il suo Re Imperatore, viva il Duce.

Vostro affezionatissimo Badoglio.[1]

Malgrado la contrarietà, nello Stato Maggiore si fece strada la speranza in facili risultati e - invece di pensare all'organizzazione per la riuscita della campagna - ebbe inizio una sorda guerra interna per l'accaparramento dei posti di comando che avrebbero potuto fruttare avanzamenti ed onori a buon mercato e superamento dei concorrenti nei posti dell'annuario.

Dopo un breve balzo vittorioso in territorio nemico, che durò dal 28 ottobre alla prima decade di novembre, si scatenò la controffensiva greca; da questo momento l'iniziativa fu esclusivamente del nemico che, per la vicinanza delle riserve e la facilità delle comunicazioni, aveva raggiunta la superiorità numerica delle forze e dei mezzi.

La 3ª divisione Alpina *Julia*, elite delle truppe alpine italiane, partendo dalla zona di Erseke-Leskoviku (n territorio albanese ebbe l'ordine di bloccare i passi di Metzovo e di Drisko per impedire alle truppe greche dell'Epiro di congiungersi con quelle della Tessaglia. L'ordine del Comando superiore prevedeva che la *Julia* eseguisse un'azione rapida e decisa, una marcia verso il nemico durante la quale la divisione non

...Deve costituire una linea permanente di rifornimenti, lasciando drappelli a protezione di essa, ma deve contare su un'autonomia logistica e su nessuna affluenza da tergo per un certo tempo (...) Quando la coda di ognuno dei battaglioni sia sfilata per un determinato punto, dietro ad essa non deve rimanere che il vuoto. La divisione alpina Julia non guarda indietro e porta tutto con se, anche la sua fortuna.

L'azione, che doveva concludersi nell'arco di cinque o sei giorni (gli alpini, ricorda Mario Cervi nella sua *Storia della Campagna di Grecia*, erano stati dotati di viveri per tale periodo e i muli disponevano di cinque razioni di foraggio) durò invece 14 giorni: due settimane di sanguinosa avanzata seguite da un altrettanto tragico ripiegamento che costarono alla *Julia* 49 ufficiali e 1.625 alpini. La ritirata fu massacrante. Il 10 novembre il grosso dell'8° Alpini si raccolse a Konitsa, mentre il 9° mantenne il possesso della sella Cristobasileus. A sera la divisione *Bari* assunse la responsabilità del settore, trattenendo alle proprie dipendenze il 9° alpini, mentre gli altri reparti della *Julia* ripiegarono a Premeti per riordinarsi. Il 18 novembre il Duce nel suo discorso riassuntivo dei primi mesi di guerra, tenuto nell'anniversario delle sanzioni davanti ai Gerarchi del Partito, dedicò solo poche frasi alla Grecia, l'ultima delle quali destinata a diventare fin troppo famosa:

Dopo un lungo pazientare abbiamo strappato la maschera ad un paese garantito dalla Gran Bretagna, un subdolo nemico: la Grecia. È un conto che attendeva di essere saldato.

C'è qualcuno fra di voi Camerati che ricorda l'inedito discorso di Eboli pronunciato nel luglio del 1935 prima della guerra etiopica? Dissi che avremmo spezzato le reni al Negus.
Ora, con la stessa certezza assoluta, ripeto assoluta, vi dico che spezzeremo le reni alla Grecia!

Intanto, Alla frontiera tra Italia e la Francia, a Mentone, occupata dagli italiani nel giugno del 1940, una mano beffarda scrisse con la vernice su un muro una frase sarcastica: *Grecs, arretéz- vous! Ici la France!,* quasi a consolarsi della batosta che aveva distrutto per sempre il sogno francese di gloria militare.
Da parte italiana intanto, l'afflusso delle altre divisioni (binarie, anziché ternarie come le greche) fu lento e soprattutto disordinato; i reparti appena sbarcati, senza automezzi e salmerie, nell'urgenza dei momenti critici, vennero gettati nella fornace a tamponare le falle prodotte nello schieramento e impiegati a spizzico. Ne conseguì un frammischiamento di battaglioni, compagnie e addirittura di plotoni. Di questa forma di impiego risentirono in modo particolare le Legioni ed i Battaglioni CC.NN. che quasi mai furono impiegati come reparti a sé stanti nelle divisioni in cui erano inquadrati e passarono, secondo la necessità del momento in quella -dura lotta, alle dipendenze tattiche di altre divisioni; restarono in linea quando queste andavano a riposo e vi rimasero passando agli ordini delle divisioni subentranti. Ne avremo una chiara dimostrazione esaminando la storia della 15a Legione e dei suoi due battaglioni.

Chi pagarono furono i soldati: primi fra tutti granatieri, Camicie Nere, fanti, alpini e bersaglieri. Spesso privi dell'appoggio delle artiglierie, per la maggior parte ippotrainate e impossibilitate a raggiungere le montagne a causa delle pessime mulattiere, e privi, per la mancanza delle salmerie. della possibilità di far giungere tempestivamente in linea le munizioni ed i viveri, i soldati italiani, in alta montagna, su rocce che ricordano l'asprezza del Carso, fra la neve alta ed il freddo intenso, in un mare di fango e sotto piogge torrenziali, scoraggiati e depressi ma comunque estremamente valorosi, si attaccarono al terreno con le unghie e lo contrastarono ai greci passo per passo. Il nemico, imbaldanzito dall'inaspettato successo e dotato dl impeto, tenacia e valore, attaccò senza interruzione. Dopo interminabili giorni e continui ripiegamenti, il fronte fu stabilizzato, ed i greci non riuscirono più ad avanzare, definitivamente arrestati dalla resistenza italiana.

Il 2 marzo il Duce giunse in Albania per ridare vigore alla guerra su fronte greco, in vista di una offensiva che doveva essere risolutiva. Mussolini arrivò da Bisceglie dove aveva organizzato un Quartier Generale avanzato per poter seguire più da vicino le operazioni) quindi, accompagnato da Cavallero, Ciano, il Capo di Stato Maggiore della M.V.S.N. Starace, Farinacci e il Sottosegretario alla Guerra Guzzoni, Mussolini, pilotando personalmente il proprio trimotore Savoia Marchetti SM79, scortato da circa 15 caccia, giunse a Tirana. Da qui, in auto giunse a Rehova, dove il generale Gambara, già distintosi alla testa del Corpo Truppe Volontarie nella guerra di Spagna, avrebbe comandato l'attacco. Il generale Guzzoni suggerì un'offensiva della 9ª Armata su Pogradec per favorire l'apertura di un varco e raggiungere Coritza; Cavallero preferiva limitare la manovra nella val Desnizza con la 11ª Armata verso Klisura, memore degli insuccessi appena verificatisi e preoccupato per i contrattacchi che i greci avrebbero potuto effettuare.

Alla fine il piano *Offensiva di Primavera* fu elaborato dal generale Gambara: il XXXV° Corpo d'Armata avrebbe attaccato a sud-ovest della valle Desnizza, il IV° Corpo a nord-est e IVIII° Corpo (comandato direttamente da Gambara) inserito tra i due precedenti, avrebbe sostenuto il peso maggiore dell'operazione con il compito di sfondare nella val Desnizza su una direttiva che passava in mezzo a montagne sulle cui cime i greci avevano organizzato poderose postazioni difensive.

L'offensiva avrebbe impegnato 12 divisioni e sarebbe scattata il 9 marzo dopo un bombardamento preparatorio di artiglieria.

Mussolini ed i generali presero posizione all'osservatorio di Komarit per seguire l'attacco: l'artiglieria italiana aprì il fuoco e in due ore vomitò sui greci circa centomila proiettili, in particolare sul settore di Monastir. Subito dopo i bombardieri della Regia Aeronautica sganciarono il loro carico di bombe sulle linee greche, quindi, intorno alle ore 08.30, venne dato l'ordine di attacco alla fanteria. Gli furono violenti fra Tomor e il fiume Vojussa, e si raggiunsero alcuni obiettivi nel settore di Mali-Arza e sul monte Trebescini (a sud-est di Berat) ma dopo cinque giorni l'attacco venne bloccato dalla resistenza greca. Il 10 marzo il guadagno territoriale fu insignificante e i contrattacchi greci vanificarono ogni sforzo. Le divisioni *Bari*, *Puglie* e *Cagliari* subirono gravi perdite, e l'11° reggimento Alpini della *Val Pusteria*, che attaccava il Mali-Spadarit, nel settore del IV° Corpo, fu fermato e poi costretto a ripiegare.

Il 13 marzo, 32 reggimenti di fanteria italiana impegnarono 34 reggimenti greci; dopo una furiosa battaglia i difensori riuscirono a respingere l'attacco italiano, nel corso del quale si distinsero le divisioni *Modena*, con l'eroica 72a Legione CC.NN. d'assalto *Farini*, immolatasi sul monte Kosica, definito *ara di gloria dei legionari modenesi*, e *Ferrara*, ma sembrava che l'obiettivo oramai non fosse più la conquista territoriale quanto il logoramento del nemico, proprio come accadeva durante la Grande Guerra.

La località di Monastir venne conquistata e ripersa in poche ore. Alla sera del 14 marzo le perdite furono di 5000 uomini al IV° Corpo d'Armata, di altri 5000 al XXXV°, di quasi 2000 al V°.

L'offensiva era fallita. Mussolini, Cavallero e Gambara riunirono il Consiglio di Guerra il 15 decidendo di sospendere l'offensiva finchè il fronte non fosse stato rafforzato a dovere, per tentare di riprendere ancora Klisura, quindi viene compilato un dettagliato rapporto da inviare a Vittorio Emanuele III.

In linea si ristabilirono le posizioni di trincea e il fronte si stabilizzò nuovamente.

Il 20 marzo, alle ore 8.30, Mussolini partì dal posto quarantacinque, visitò il centro ospedaliero di Krusta, e, successivamente, si recòa fino al lago di Ocrida. Sulla strada di ritorno, passò in rivista il raggruppamento della Milizia Forestale. I militi inneggiarono al Duce. Poco oltre, il Duce sostò presso il Comando del terzo Corpo d'Armata per la colazione.

Successivamente, rientrò al suo posto trentaquattro, dove arrivò alle ore 18 e riceve a gran rapporto i generali Gambara, Geloso, Mercalli comandante del IV Corpo d'Armata, Messe, comandante del Corpo d'Armata Speciale, Rossi.

Mussolini: *Sono soddisfattissimo del mio soggiorno in Albania, durante il quale ho potuto constatare che qui c'è oggi un Esercito che vorrei definire organicamente completo. Collegamenti, comunicazioni, rifornimenti funzionano in pieno. L'altissimo merito di ciò va attribuito al generale Cavallero ed a tutti voi. Durante lunghe settimane abbiamo procurato di fare il "muro". Ho l'impressione netta che questo muro oggi esiste. Sul fronte di Tepeleni esso tuttavia non è così solido come sul resto del fronte. Richiamo su ciò l'attenzione del generale Geloso e lo prego di trasferire le sue tende in quel settore, fino a situazione consolidata. Bisogna assolutamente evitare che i greci abbiano un successo che ridarebbe loro animo.*

All'atto della mia venuta in Albania, vi segnalavo un fatto importante: l'adesione all'Asse della Bulgaria. Oggi ve ne segnalo un altro di importanza ancora maggiore: l'adesione della Jugoslavia al Patto tripartito. Pare che il documento relativo sarà firmato il 23 a Vienna. È importante il fatto che la Jugoslavia non rifiuta una sua eventuale partecipazione alla guerra. Quando ciò si saprà in Grecia, ci si convincerà che l'ultima ora è suonata, tanto più che quattordici divisioni germaniche stanno avvicinandosi.

L'adesione della Jugoslavia al il Patto tripartito è particolarmente significativa, in quanto avviene dopo il discorso di Roosevelt, il più duro, brutale e minaccioso di tutti quelli da lui finora pronunciati. (" Noi saremo l'arsenale delle democrazie "). Vien fatto di considerare a tale proposito che se la situazione danubiana e balcanica si è svolta a favore dell'Asse, lo si deve dall'aver l'Italia dichiarato la guerra alla Grecia. Solo in seguito a questo fatto, la Jugoslavia e la Bulgaria si sono sentite vincolate a noi, in quanto attratte a partecipare al bottino. Entrambe si affacceranno ora al Mediterraneo: la Bulgaria a Cavala, la Jugoslavia a Salonicco.

L'azione del 9 corrente è stata per me una sorpresa. Non mi facevo illusioni che si ottenessero successi strategici; non escludevo però un successo tattico soddisfacente.

Il piano era infatti ben ideato, il fuoco di artiglieria bene organizzato, gli apprestamenti logistici a punto. Come è avvenuto che le divisioni abbiano avuto un così scarso potere penetrativo? Questo è un problema che voi dovete studiare. Che cosa è avvenuto? Escludo un cedimento di natura morale. Ho visto una grande quantità di truppe in movimento, ho visto divisioni che andavano verso la linea: ottimo. Quindi c'è stato un qualcosa che voi tecnici dovete precisare. Otto reggimenti che non riescono ad incidere il dispositivo avversario, pongono un problema le cui determinanti possono consistere nel fuoco di artiglieria, nella deficienza di addestramento, in particolari tecnici da rivedere, in difficoltà del terreno, difficoltà provenienti dal fuoco del Trebescines dapprima non previsto.

Quindi, pur mantenendo l'offensiva in quel settore, si dovranno rivedere le cause della mancata penetrazione della prima fase, per porvi rimedio. Circa la data, i tedeschi ci hanno fatto sapere che attaccheranno nei primi giorni di aprile, dandoci un preavviso di sei giorni. È quindi necessario che noi diamo un colpo ai greci a qualunque costo, altrimenti la storia dirà che una piccola nazione quale la Grecia non è riuscita a battere l'Italia, ma dirà pure che l'Italia non è riuscita a sconfiggere la Grecia. E' qui in gioco il prestigio militare della nazione italiana. Prima che i tedeschi sparino il primo colpo di cannone, è necessario avere inflitto una sconfitta ai greci. Il popolo italiano si ribellerebbe all'idea che il suo Esercito non ha saputo battere quello greco. Tutto ciò non sarebbe stato possibile in

passato. Oggi ci sono masse di uomini e c'è un'organizzazione completa per la vita funzionale. Questo lo dovete far sentire a tutti, e far sì che la battaglia che inizierà a fine mese abbia un successo. I greci debbono essere respinti ed inseguiti.
Tornando all'azione del 9 marzo, essa va riesaminata in sede di terreno, tattica di fanteria, fuoco di artiglieria, collaborazione fra artiglieria e fanteria, collaborazione tattica con l'Aviazione. A quest'ultimo proposito, noto che dall'Aviazione nel campo tattico non bisogna attendersi risultati. spettacolosi. Essa può agire in questo campo solo quando l'avversario sia in rotta. Non le si può chiedere ciò che non può dare. Ciò su cui insisto è la collaborazione fra l'artiglieria e la fanteria. L'artiglieria deve essere a disposizione della fanteria che avanza. Rilevo anche l'assurdità di ricorrere in combattimento alla cifratura e decifratura di ordini. Basterà usare un linguaggio convenzionale.
Desidero ora la vostra opinione su ciò che sia possibile fare nella prossima azione, tenendo presente che se il 6 aprile i tedeschi attaccassero, avremmo una situazione "coi sassi alle porte". Un differimento non sarebbe possibile.

Cavallero: *Abbiamo accennato alla necessità di essere pronti per il 28. Penso che l'azione possa essere iniziata entro la fine del paese.*

Cavallero fornì, insieme a Geloso, particolari tattici e d'organizzazione della prossima offensiva.

 Gambara: *Non vedo la possibilità di un'azione sul Trebescines. Con le fanterie che abbiamo non vi metteremo mai piede. Abbiamo già tentato una volta senza fare un solo passo.*

Cavallero espose con Gambara e Geloso il piano di attacco.

Mussolini: *Credo che bisognerà studiare qualche procedimento tecnico per realizzare la sorpresa. In Grecia hanno avuto l'impressione che la nostra offensiva fosse definitiva. Alimentiamo questa impressione, lasciando loro credere che non siamo in condizione di riprenderci per lungo tempo. Ritengo il morale dei greci ancora molto solido. Avuta notizia dell'adesione della Jugoslavia all'Asse, penseranno però che la loro sorte è ancora più sigillata. Circa i tempi, insisto sulla necessità di attaccare prima che sia sparato un solo colpo di cannone tedesco. Bisogna che tutti sappiano che la più grande decisione ed energia si impongono.*
I tedeschi non avranno difficoltà a rovesciare l'avversario con le divisioni già attestate. I nostri margini di tempo sono ristretti. Il nostro impegno è tassativo. Occorre tendere alla vittoria con tutte le forze, così da poter dire che noi abbiamo battuto i greci. Nessuno si adagi alla convinzione che la depressione greca e la forza tedesca liquideranno la faccenda. Ciò sarebbe deleterio e peserebbe a lungo sulla storia italiana. Dobbiamo dare al popolo italiano la convinzione che l'Esercito greco lo abbiamo battuto noi. Se ciò avverrà la sistemazione territoriale potremo farla in modo ben diverso da quello che avverrebbe senza un nostro successo.
Qui è in gioco l'onore militare della nazione, che, di fronte al mondo, è l'unico

onore che la nazione ha. Al soldato dobbiamo sempre dare la sensazione che siamo vittoriosi; quando non si ritira, il soldato deve sempre considerarsi vittorioso. È inammissibile che noi non si sia capaci di dare una legnata ai greci. Potrei se del caso chiedere ad Hitler di ritardare la sua azione di due-tre giorni. Non di più.

Ma la Jugoslavia di lì a poco avrebbe tradito defezionando nel campo alleato, e infrangendo per l'ennesima volta i piani italiani, e la guerra si sarebbe conclusa solo ad aprile, dopo l'intervento germanico e lo sfondamento della Linea *Metaxas* scarsamente difesa, poiché la massima parte dell'esercito greco era impegnata contro gli italiani

2.

**LA MILIZIA VOLONTARIA SICUREZZA NAZIONALE
SUL FRONTE GRECO.**

Dall'ottobre del 1940 all'aprile 1941 la Milizia impiegò in combattimento contro l'esercito greco e, ad aprile, anche contro quello jugoslavo ben 56 battaglioni.

Di questi ne furono perduti 27, di cui 20 di complementi assorbiti per ripianare le perdite e sette per lo scioglimento di battaglioni ridotti agli estremi avendo perduto quasi tutti gli uomini.

Furono anche temporaneamente formate due grandi unità di Camicie Nere, i Raggruppamenti *Diamanti* (5 legioni) e *Biscaccianti* (2 legioni e 1 battaglione) oltre al Raggruppamento *Galbiati*, su tre battaglioni.

L'impiego di Raggruppamenti Camicie Nere svincolati dalle unità dell'esercito si dimostrò assai efficace, e venne ripreso sia sul fronte russo che in Balcania con ottimi risultati.

Tra i numerosi reparti della Milizia sul fronte greco- albanese, nell'impossibilità di tracciare un profilo operativo per ciascuno di essi,citiamo come esempio tra i tanti la 72a Legione Farini (Modena) che si distinse nella difesa del Monte Kosica, che le Camicie Nere ribattezzarono *l'Alcazar della morte bianca*. Ancor oggi la targa del viale Monte Kosika a Modena porta come indicazione *Ara di gloria dei Legionari Modenesi*4.

Ne descriveremo le azioni per dare un'idea di come si svolse il conflitto sul fronte greco- albanese per i tanti battaglioni aggregati alle divisioni di fanteria.

Il giorno 7 dicembre 1940 le Camicie Nere della 72a Legione *Farini,* formata dal LXII battaglione CC.NN. (Modena), soprannominato battaglione *Viva la morte,* per il motto ricamato sul gagliardetto ricamato dalle donne modenesi e donato alla vigilia della partenza per il fronte, dal CXI battaglione (Pesaro) e dalla 72ᵃ compagnia mitraglieri CC.NN., sbarcarono nel porto di Durazzo, destinate a schierarsi sul fronte albanese tra il Monte Kosica e il lago d'Ocrida giungendo, attraverso mulattiere piene di fango e dopo sforzi sovrumani, sulla linea del fronte nelle vicinanze di Dunica. In questa zona i legionari rimarranno per alcuni mesi, in una durissima guerra di posizione.

Il periodo da dicembre sino ai primi giorni di gennaio fu dedicato alle ricognizioni tattiche, alla sistemazione delle tende e degli accantonamenti alle varie quote in Val Dunica, dove presto sarebbe avvenuto il battesimo del fuoco dei legionari. A metà gennaio si aggiungono ai reparti già schierati altre Camicie Nere, in particolare i plotoni di salmerie con i muli che si rivelarono i migliori mezzi di trasporto su quelle impervie montagne. Molti uomini si dovettero improvvisare

---

4   Per la Legione *Farini* esiste un eccellente studio di Bruno Zucchini, *Il Monte Kosika. Ara di gloria dei Legionari modenesi, http://modenatua.xoom.it/modena_ieri_anni_della_guerra.htm#Il Monte Kosica – Ara di gloria dei Legionari Modenesi* .

mulattieri, uomini del plotone comando che erano partiti con diversi compiti si resero disponibili a svolgere il servizio pesante e gravoso di accudire i muli e con loro fare miracoli per compiere il trasporto di munizioni, medicinali e viveri dalla base alle linee avanzate malgrado fango e neve che arrivavano sino a metà zampa delle salmerie e il fuoco dei cecchini greci.

 Le pendici del Monte Kosica erano a strapiombo e difficilissime da superare; a quota 1108 venne distaccato un plotone agli ordini del capomanipolo Florindo Longagnani assieme al II° battaglione dell' 84° fanteria *Venezia* e alla 10° compagnia mitraglieri della divisione *Arezzo*. In questa zona, mentre portava un ordine al Comando del settore di Dunica, a quota 1033 venne mortalmente colpita da schegge di mortaio la camicia nera Montanari Ferruccio di Vignola. Fu il primo caduto della Legione.

Le temperature sul Kosica si mantennero sempre rigidissime e l'azione delle pattuglie ne veniva pertanto totalmente condizionata;i greci dominavano la vallata dalle quote 1475 e 1498 del monte e di frequente attaccavano le postazioni italiane che si difendevano e mantennero le loro posizioni a prezzo di notevoli sacrifici.

La difficoltà dei trasporti e degli approvvigionamenti era notevole. Per quasi due mesi le Camicie Nere dovettero accontentarsi delle razioni di viveri che consistevano in un pezzetto di formaggio, venti grammi di marmellata, un gavettino di caffè, una pagnotta e cinque sigarette, con rigidissime temperature sempre sotto lo zero.

Il 5 gennaio ebbe luogo uno dei più ardimentosi attacchi delle Camicie Nere alle quote alte del monte Kosica:

Alla legionaria, scrisse un testimone, con lo sprezzo del mortale pericolo ereditato dagli arditi della grande guerra, con un ardore che accende il sangue e lo sommuove come un fervido sole di vendemmia fa con l'uva ribollente nei tini, gli arditi fascisti attaccano il trincerone.

Il trincerone venne raggiunto di slancio ma i greci si difesero con rabbiosa decisione e con l'aiuto delle nuove mitragliatrici di produzione britannica e di freschi rinforzi riuscirono a ricacciare le Camicie Nere sulle loro posizioni di partenza. Immediatamente dopo vi fu il contrattacco dei greci che venne in parte rintuzzato. Ma la compagnia perse una trentina di uomini, tra feriti più o meno gravi e congelati. Quattro camicie nere furono date per disperse: i legionari Giorgio Crabbia, Pietro Bellei, Francesco Gherardini e Marino Bonazzi, ma dopo tre giorni, senza viveri e senza medicinali per curare uno di loro rimasto ferito, dopo essere rimasti nella cavità di una grossa roccia, riuscirono a ritornare nelle linee italiane.

In un ulteriore attacco alle postazioni greche rimase gravemente ferito, colpito in pieno da una rosa di schegge di mortaio, il comandante della compagnia, il Centurione Ermanno Sacerdoti-Grassi.

I greci erano schierati su postazioni sovrastanti quelle italiane ed erano cinque volte superiori di numero rispetto ai circa cento legionari modenesi che si scagliarono avanti con impeto indomabile: una raffica di mitragliatrice colpì in pieno la camicia nera Michele Bollettini e altri rimasero feriti, ma i comandanti delle squadre e dei plotoni Tonino Zoboli, Gustavo Lami, Adolfo Muzzarelli e Armando Bosi portarono i loro uomini sin sull'orlo della trincea nemica che attaccarono con bombe a mano: le perdite avversarie furono moltissime ma anche molti militi giacquero sul terreno: la battaglia proseguì per tutto il giorno e alla notte i resti della compagnia si attestarono sui costoni, sino al momento in cui, con il sopraggiungere dei rinforzi, riuscirono ad attestarsi su una linea difensiva più solida.

I caduti ed i feriti furono numerosi, e così gli atti eroici come quello del legionario Tonino Zoboli, o di Domenico Pini che pur feriti continuarono a lanciare bombe sino all'esaurimento della dotazione.

Poi per il mese di gennaio riprese la normale *routine* di vigilanza sulle linee e di qualche scaramuccia per rintuzzare sporadici attacchi greci.

La Camicia Nera Edoardo Monterastelli, da civile operaio meccanico di Fanano, tenne un diario di quei drammatici giorni sul Kosica e così descrisse la vita sotto la tenda su quei costoni impervi e desolati:

Il giorno stà per finire. Il cielo è sereno, ma l'aria è gelida: I teli all'interno luccicano di uno strato di ghiaccio che li fa sembrare d'argento. " Oh telo di tenda, debole come una ragnatela, sembri a noi una fortezza inespugnabile. Tu ci ripari dal vento, dalla neve e ci dai l'impressione di difenderci anche dal piombo nemico. Abbiamo fiducia in te, fratello telo, che fermi sul nostro capo il vento di gelo e di morte che fuori infuria.

Il mese di febbraio fu gelido come i precedenti, e le Camicie Nere lo trascorsero sotto i bombardamenti dell'aertiglieria ellenica ed a rintuzzare i frequenti attacchi nemici.

Molti battaglioni si trovavano in prima linea da oltre tre mesi e in condizioni veramente difficili per il freddo, l'acqua, il gelo, la neve. Molti legionari si ammalarono e congelamenti, febbri ed anche dissenteria provocavano vuoti nei ranghi.

Le azioni delle pattuglie della 72a Legione *Farini* erano frequenti; le posizioni erano sulle varie quote del Monte Kosica dove erano dislocate e precisamente a quota 1033, quota 1214, quota 1333 dove era situata la Madonnina del Kosica e a quota 1434. I piccoli villaggi dei dintorni venivano tenuti sotto controllo per evitare che vi si installassero reparti dell'esercito greco, pertanto, in vari punti vennero creati posti avanzati per il controllo e la difesa degli sbocchi verso valle che non devono cadere in mano nemica. Di tanto in tanto si davano il cambio con i legionari del battaglione gemello (Pesaro) sistemati nel paesino di Dunica a quota 900 metri. L'operare delle pattuglie, specialmente per quelle impegnate di notte, si dimostrò un compito snervante a causa della tensione di improvvise imboscate o di scontri diretti con il nemico.

Nelle giornate del 12 e 13 febbraio avvennero numerosi attacchi dei greci alle postazioni dei modenesi e le linee italiane vennero sconvolte da un furioso fuoco di artiglieria e mortai: quegli attacchi trovarono la morte le Camicie Nere del LXXII battaglione Gasparini, Vecchi, Dondi e Gilli mentre molti furono feriti; vennero particolarmente colpite quota 1033 e 1333. La controbatteria dell'artiglieria italiana non si fece aspettare e le postazioni greche vennero tenute per alcune ore sotto un fuoco incessante. La battaglia era divampata su tutto il settore. In un primo tempo i greci riuscirono a penetrare nelle linee italiane a quota 1333 ma da qui furono ricacciati indietro dal fuoco delle mitragliatrici delle Camicie Nere.

Le trincee delle Camicie Nere si trovavano ad una distanza di circa 150 metri da quelle greche, mentre le postazioni avanzate delle vedette erano a non più di 70 metri. In una relazione al Comandante il Settore Occidentale di Dunica, il Console Petti, comandante della 72a Legione *Farini*, faceva presente la situazione difficile, dopo tre mesi di permanenza al fronte durante un inverno particolarmente gelido, dei suoi reparti che, tra morti (13), feriti (51) e ammalati (84) si trovava ad essere particolarmente decimato e pertanto chiedeva un periodo di riposo. Durante i primi giorni di marzo avvennero numerosi scontri di pattuglie e scambi ripetuti delle artiglierie mentre i legionari attendevano il cambio. Pochi giorni prima di andare a riposo, i legionari subirono un improvviso attacco greco, e dopo un furioso fuoco di artiglieria da una postazione greca a quota 1461, partirono rabbiose raffiche di mitragliatrice che presero d'infilata, in fondo ad un breve sentiero scoperto, un gruppo di legionari che stavano per avvicinarsi ad una piccola fonte di acqua torbida. Una quindicina di questi, al settantesimo giorno di permanenza in linea sul fronte, rimasero a terra colpiti. Tre di loro persero la vita: i capisquadra Ramini e Pastorelli e la Camicia Nera Vezzali.

Il 16 marzo, era l'ultimo giorno in linea e i greci per quasi tutto il giorno tennero sotto il fuoco delle loro batterie i legionari ; la Camicia Nera Vittorio Goldoni fu l'ultimo caduto sul caposaldo sul Monte Kosica ; così aveva scritto in una lettera alla famiglia trovatagli in tasca

..abbiamo già avuto il cambio, stanotte lasciamo la linea e quando questa vi arriverà saremo a riposo molto lontani dal pericolo.

Finalmente i legionari vennero avvicendati dalle Camicie Nere dei battaglioni LXXX (Parma) e LXXXII (Forlì) e si trasferirono a Qukes sul vicino lago di Ocrida.

Nei primi giorni di aprile, dopo un breve periodo di riposo e dopo che i reparti erano stati rinforzati dai complementi appena giunti dall'Italia a seguito delle perdite sul Kosica, la 72a Legione si rimise in marcia, sulla base di un ordine improvviso, per raggiungere nuovamente la prima linea. Si andarono a disporre lungo la linea che andava dal Kosica al Lago Ocrida, mentre la LXII compagnia mitraglieri, comandata dal Centurione Ermanno Tusini, che da poco tempo era arrivato in Albania, si dispose nel settore tra il Kungullit- Breshenikut e il LXII battaglione *Viva la morte* raggiunse il Kalase: così i due reparti modenesi, che in quei giorni ricevettero la visita del Console Calzolari e di Roberto Farinacci, furono schierati uno fianco all'altro.

In quei giorni, dopo continui duelli di artiglieria su tutto il fronte i greci compirono un tentativo di sfondamento nel settore del Kungullit dove era schierato la LXII compagnia mitraglieri. La lotta divampò furiosa: varie compagnie rimasero isolate e numerosi furono i corpo a corpo tra greci e legionari. Il 1° plotone, comandato dal capomanipolo Renzo Gemma, il 2° plotone al comando del capomanipolo Mauro Gatti, il 3° plotone comandato dal capomanipolo Branco Piacentini e il plotone comandato dal capomanipolo Aldo Giovannardi, vennero a trovarsi al centro dell'attacco nemico. Un violentissimo bombardamento nemico, preparatorio all'assalto, sconvolse le linee delle Camicie Nere. Molte mitragliatrici furono messe fuori uso dal violentissimo fuoco dei greci e molti legionari vennero messi fuori combattimento. Alcune compagnie vennero completamente distrutte. Con un numero preponderante di uomini il nemico attaccò furiosamente ma alcuni gruppi di Camicie Nere, già completamente accerchiate riuscirono ad aprirsi un varco, usando pugnali e bombe a mano, attraverso le fanterie nemiche riuscendo a raggiungere una posizione leggermente arretrata tenuta dall'ultimo plotone mitraglieri ancora efficiente. Poi verso sera, con l'intervento del CXI° battaglione di Pesaro venne sferrato il contrattacco, che riuscì a rigettare indietro le fanterie greche che lasciarono sul terreno molti caduti. I Legionari superstiti del LXII in linea erano circa 150. Dopo i furiosi combattimenti si contarono 8 morti sessantatré feriti e 16 dispersi. Dei cinque Ufficiali della compagnia: 1 morto 3 feriti e 1 disperso.

Numerosissimi furono gli atti di valore, tanto che la compagnia ebbe una Medaglia d'Oro assegnata al giovanissimo *balilla* Arturo Galluppi, tre d'argento, sette di bronzo oltre a numerose croci di guerra al valore. Caddero in quella furiosa battaglia oltre alla giovane camicia nera Arturo Galluppi, le camicie nere: Irmo Righi, Donato Toni, Ettore Lusetti, Mario Lanzotti, Remo Vandelli, Giovanni Cadignani, Ettore Vezzani e il capomanipolo Mauro Gatti.

Il reparto schierato sul Kalase era stato sistemato su di una specie di altipiano argilloso, sconvolto dalle bombe e con attorno boschi di castagni, tutti colpiti e frantumati dall'artiglieria. In quei giorni entrò in guerra anche la Jugoslavia e i reparti modenesi vennero a trovarsi in una zona delicatissima, esattamente al confine con la Grecia e la stessa Iugoslavia. Come già avvenuto sul vicino Kongullit anche sul Kalase, dopo un fortissimo fuoco di artiglieria, si scatenò furioso il combattimento e tantissimi furono gli scontri ravvicinati con i greci: numerosi feriti; rimasero sul terreno il caposquadra Vezzani Nello, e le camicie nere Givera, Zanni e Zanella.

Il giorno 13 aprile, giorno di Pasqua, dopo logoranti combattimenti, terminò in sostanza la lotta su quelle montagne.

Infine, contemporaneamente all'attacco germanico contro la linea Metaxas, iniziò l'offensiva finale italiana: su tutto il fronte, l'inseguimento dei greci divenne frenetico; furono riconquistate tutte le posizioni di confine e vennero fatti moltissimi prigionieri. Sulle alture di Borova i legionari si scontrarono con un forte sistema difensivo; il giorno 19 aprile nel pomeriggio iniziò l'attacco per debellare la forte resistenza greca : caddero il Centurione Felice Sarzano, il capomanipolo Umberto Bonacini e le camicie nere Righetti e Bolelli, oltre ad alcuni feriti .

Tornando indietro all'inizio del 1941, nella val Desnizza l'attacco greco sviluppatosi con obiettivo Berati, raggiuse Klisura il 12 gennaio, ed arrivò sino allo Spadarit, ma qui, nella prima decade di febbraio, veniva definitivamente arrestato dagli alpini della *Julia*, dai fanti della *Pinerolo* e dalle Camicie Nere bresciane e bergamasche della 15ª Legione *Leonessa* di cui si parlerà nel prossimo capitolo.

Un'altra unità che è esemplare di una realtà più vasta è la 18a Legione CC.NN.

d'Assalto *Costantissima*, aggregata dapprima alla divisione *Aqui*. Anche di essa seguiremo l'intero ciclo operativo.
Le operazioni di approntamento di questa legione iniziarono il 14 novembre 1940 e terminarono il 21. Dal 24 i reparti iniziarono l'addestramento.
La Legione venne costituita coi seguenti reparti:

Comando Legione - 18ª Legione *Costantissima* (Crema) - Console Angelo Bracci.
XIX battaglione CC.NN. - Casalmaggiore - Sen. Zito.
XXVII battaglione CC.NN. - Lodi.
367ª compagnia mitraglieri CC.NN. - Bologna.
Forza iniziale della -18ªLegione: ufficiali 53; sottufficiali 79; Camicie Nere 1.244.

La Legione venne inquadrata nella divisione di fanteria *Acqui* (17°, 18° Reggimento. fanteria. e 33° Reggimento. Artiglieria) comandata dal generale Adamo Mariotti e già il 10 dicembre fu avviata a Brindisi, dove i reparti arrivarono nei giorni dal 12 al 14 e furono sistemati a Tuturano in attesa dell'imbarco; nel frattempo effettuarono un continuo ed assiduo addestramento.
Il 20 dicembre la Legione si imbarcava sul trasporto *Piemonte* che salpava alle 7,30; alle 23,45 dello stesso giorno le operazioni di sbarco a Valona erano ultimate.
Prima dell'alba del 21 (ore 4) il XXVII battaglione e la 367ª compagnia mitraglieri raggiungevano il bivio di Radhima dove accampavano. Il 22 a Radhima la Legione era al completo e, autocarrata, veniva trasportata a quota 666 sud di Llogora, dove si accampava.
A seguito di un ordine della *Acqui* il XXVII battaglione CC.NN. venne posto il 25 dicembre a disposizione della divisione *Siena*, avviato su automezzi fino a Dhermi di dove proseguì a piedi verso la linea di combattimento, a Vunoi. Il 26 anche il XIX battaglione e la 367ª compagnia mitraglieri iniziarono la marcia verso Kondraia; il giorno 27 il XXVII era già a Vunoj e vi era raggiunto in giornata dal XIX e dai mitraglieri, per via ordinaria e sotto il tiro di artiglierie e mitragliamenti aerei.
Col 28 dicembre la Legione iniziava i combattimenti. La 1ª compagnia del XIX battaglione risalì le pendici del monte Mioglosit per portarsi dietro le quota 1.096 e 1.074 occupate dalla 5ª compagnia bersaglieri, col compito di scavalcarla e contrattaccare il nemico. Nello stesso tempo il XXVII battaglione con la 1ª del XIX dovevano attaccare quota 1.096 contrattaccando in direzione Est Sud Est con obiettivo quota 731.
In mattinata la 2ª compagnia del XXVII battaglione aveva già attaccata quota 1.096, ma per la reazione avversaria e per le perdite subite non era riuscita a raggiungere l'obiettivo. Unico ufficiale superstite della 2ª compagnia era il caèpomanipolo Bassi; erano rimasti solo 25 uomini. Bassisi era aggrappato con i legionari a quota 1.074, tormentato dal tiro diretto dell'avversario posto a quota 1.096.
In questa situazione un maggiore del 17° fanteria ordinava di ripiegare su quota 743 e di rafforzarvisi.
Il 29 la 1ª compagnia del XIX battaglione occupò quota 1.074 ed alle 11 iniziava l'assalto a quota 1.096, ma la violenta reazione nemica impedì ogni progresso. Il comandante della Legione comprese l'impossibilità di impossessarsi della quota

1.096 se non organizzando un preparato colpo di mano con l'appoggio di artiglieria e mortai per battere le postazioni delle armi greche sulle posizioni avversarie che formano ormai un unico sistema: il comando Divisione *Acqui* approvò l'idea del colpo di mano. A presidii di quota 1.074 restarono la 1ª compagnia del XIX battaglione e un plotone mitraglieri dei bersaglieri.

Il 30 si predisposero i preparativi del colpo di mano che si sarebbe dovuto effettuare alle prime luci dell'alba del 31; ma la nebbia fittissima impedì l'orientamento delle truppe e l'azione fu rimandata alle ore 9. Una pattuglia riuscì a raggiungere alle 15, quota 1.009, ma contrattaccata da forze molto superiori dovette ritirarsi giacché i rinforzi che avrebbero dovuto soccorrerla vennero impediti da una bufera di neve.

Il giorno primo gennaio del 1941 persisteva l'imperversare del maltempo; neve, pioggia, nebbia e venti paralizzarono ogni attività e - in conseguenza - il colpo di mano venne ancora una volta rimandato. Il due vennero consolidate le posizioni.

Il 3 pattuglie elleniche scesero dalle quote 1.009 e 1.096 attaccando i capisaldi delle Camicie Nere; vennero respinte dal fuoco dei militi mentre le posizioni delle Camicie Nere vennero battute dall' artiglieria e dai mortai che inflissero alcune perdite.

Un altro attacco greci contro il XXVII battaglione e la 367ª compagnia mitraglieri fu nettamente respinto infliggendo gravi perdite agli attaccanti. Le Camicie Nere oltre che con i greci dovevano combattere anche con ilempo avverso, con freddo intenso e violentissimi venti.

Alle ore 2 del 4 gennaio una pattuglia di 25 Camicie Nere della 1ª compagnia del XIX battaglione, agli ordini del capomanipolo Lazzarini, si portò sotto quota 1.009 per effettuare il colpo di mano e tentarne l'occupazione per facilitare l'assalto a quota 1.096.

Alle 11 il capomanipolo Lazzarini ed i suoi vennero raggiunti dal comandante di compagnia Tangherini e da altri 30 legionari con fucili mitragliatori e mortai *Brixia* da 45.

I militi proseguirono versi l'obiettivo che si dimostrò difficile da raggiungere per la necessità di scalare rocce a picco. Alle 16,30 i greci attaccarono in forze dalle quote 1.096 e 929 preceduti da violento tiri di artiglieria, mortai e mitragliatrici, attaccarono il comandante la compagnia Centurione Tanghini e le trenta Camicie Nere, mentre altre rilevanti forze greche scesero da quota 1.009 e attaccarono gli uomini di Lazzarini. Un'altra colonna nemica, sempre da quota 1.096, si gettò all'assalto dei capisaldi della 3ª compagnia del XIX battaglione CC.NN..

I greci intimarono in italiano la resa ma i legionari si difesero accanitamente con le bombe a mano mavennero costretti a retrocedere perché minacciati di accerchiamento.

Intanto la 3ª compagnia era anch'essa entrata in azione malgrado il violento fuoco che batteva le sue posizioni, contrattaccò i greci e ricacciò l'avversario sulla linea di partenza; alle 19 il nemico desistette da ogni ulteriore sforzo. Le perdite delle Camicie Nere furono di 45 fra morti, feriti e dispersi; fra queste perdite sono vi furono il Centurione Tanghini ed il capomanipolo Bertoni. Le perdite inflitte all'avversario furono però assai più elevate.

Nella stessa giornata, dopo una violenta preparazione di fuoco, erano state attaccate con forze preponderanti anche le posizioni tenute dalla 367ª compagnia mitraglieri e dal XXVII battaglione, nel settore del 17° Fanteria. Questi reparti di Camicie Nere, assieme alla 2ª compagnia del XIX si erano difesi tenacemente eavevano respinto i greci sulle loro posizioni di partenza.

Le Camicie Nere ebbero 83 perdite fra caduti, feriti e dispersi. Tutti i combattimenti della giornata si sono svolti fra raffiche dl vento gelato e rovesci di pioggia. Le salmerie della Legione non erano ancora giunte dall'Italia e questo h, ciò che rese estremamente difficile la situazione dei rifornimenti.

Il 6 gennaio il comandante la Divisione *Acqui* decise di effettuare un altro tentativo per la conquista di quota 1.096. Questa verrà attaccata da nord dal III battaglione del 7° fanteria *Cuneo* mentre due plotoni del XIX Camicie Nere avrebbero contemporaneamente da ovest e sud. Ma per il tempo pessimo l'azione venne rimandata, e fu effettuata solo il 9 gennaio.

Dalle 11,50 del 9 gennaio l' artiglieria italiana aprì il fuoco battendo quota 1.096 e alle 12,15, malgrado non vi fossero indizi che il III battaglione del 7° avesse iniziato l'attacco da Nord, il capomanipolo Michelini con 35 Camicie Nere compie il primo balzo offensivo verso la quota suscitando una violentissima reazione greca, che costrinse il reparto ad una sosta. Ancora non giungevano notizie sull'attacco del III battaglione del 7° fanteria e quindi il Comandante della Legione, Console Bracci, fu costretto a ordinare al capomanipolo Michelini di rientrare per sottrarre il reparto ad inutili perdite. Solo quando, alle 15, si sentì il rumore di raffiche di mitragliatrici a nord che fecero pensare essere in atto l'assalto del III battaglione del 7° fanteria, il reparto del capomanipolo Michelini riprese l'azione sotto scrosci di violenta pioggia. Ma ancora una volta non si ebbe nessuna notizia sull'attacco dei fanti da nord; questo indusse il Console Bracci a informare il comando della *Acqui* e dato anche il continuo infierire del maltempo, fu deciso di far rientrare nelle posizioni iniziali i reparti attaccanti. Le perdite della giornata furono di 4 caduti e 18 feriti.

Seguirono giorni di sosta dediti al rafforzamento delle posizioni, sempre sotto il tiro nemico.

Il 15 gennaio la Legione passa alle dipendenze della divisione *Cuneo* che ha sostituito la *Acqui* nel settore del Litorale.

Si tornò a riprendere lo studio dell'attacco per la conquista di quota 1.096.

Durante le ricognizioni compiute allo scopo dal Console Bracci, dal T. Col. Morricone, sottocapo di Stato Maggiore della *Cuneo*, dal Seniore Zito e vari altri ufficiali e Camicie Nere, una grossa frana staccatasi dai roccioni di quota 1.096 investe in pieno i ricognitori. Restano feriti il Console Bracci, il tenente colonnello Morriconi, tre ufficiali e due Camicie Nere. Morirono invece, completamente schiacciati dai massi, il Seniore Zito, comandante il XIX battaglione CC.NN. e una Camicia Nera. Nonostante le ferite, il console Bracci volle restare al comando della sua Legione.

Il 25 gennaio tutti i reparti erano pronti all'azione; ad essi venne data in rinforzo una compagnia del XXV battaglione CC.NN. della 24ª Legione *Carroccio*. Ma alle 10 arrivò l'ordine di sospendere l'operazione e la compagnia del XXV rientrò alla sua legione.

Fino al 31 gennaio si ebbero solo azioni di pattuglie. Le perdite subite dalla Legione erano state elevate:

In dicembre
caduti 5 di cui 1 ufficiale
feriti 36 di cui 4 ufficiali
dispersi 15 di cui 2 ufficiali
malati 10 di cui 1 ufficiale.
Totale delle perdite: 66

In gennaio
caduti 45 di cui 1 ufficiale
feriti 175 di cui 10 ufficiali
dispersi 50 di cui 2 ufficiali
malati 43 di cui 2 ufficiali.

Totale delle perdite: 313

Ai primi di febbraio la dislocazione della 18ª Legione *Costantissima* restava immutata.
Il maltempo seguitava ad infuriare e i logoranti servizi di pattuglia erano continui, specialmente di notte. Da ambo le parti si effettuavano tiri di disturbo di artiglieria e mortai mentre continuavano i lavori di rafforzamento delle posizioni nostre e nemiche.
Anche il mese di marzo non vide varianti all'attività ed alla vita delle unità; il giorno 18 però i reparti in linea della 18ª Legione e del 17° fanteria vengono rilevati da reparti della *Cuneo* e della 24ª Legione CC.NN. d'assalto *Carroccio*. Il II battaglione dell'8° fanteria dà il cambio al XIX battaglione il giorno successivo.
La 18ª Legione si doveva raccogliere tra il vallone di quota 351 e Rhodima. Alle ore 20 i vari reparti, fatti segno al tiro dell'artiglieria nemica, iniziarono la marcia per raggiungere Kondraga: vi fu un ferito. I legionari proseguirono poi in autocolonna per Rhodima dove furono tutti radunati il giorno 21. Vennero subito iniziate le operazioni di riordinamento, in quanto era arrivato dall'Italia il XVIII battaglione complementi CC.NN. con 10 ufficiali, 17 sottufficiali e 241 legionari; vennero ripartiti secondo le necessità fra i battaglioni XIX e XXVII e la 367ª compagnia. La Legione, autocarrata, si trasferìil 26 marzo a Giormi dove alle 21 era già tutta riunita.
Il 31 la Legione tolse le tende ed iniziò la marcia per raggiungere la zona di Brataj, a destra dello Shuscizza, tra quota 320 e quota 192, dove doveva porsi a disposizione della divisione *Acqui* quale riserva. Le difficoltà dei rifornimenti erano gravissime a causa della mancanza di strade e potevano essere unicamente effettuate a mezzo salmerie. Le giornate dei reparti erano dedicate all'addestramento al combattimento ed ai lavori di miglioramento delle mulattiere, lavori che dovevano essere svolti specialmente in ore notturne; intanto gli ufficiali operavano ricognizioni nella zona di schieramento della divisione.
Truppe e salmerie di combattimento furono tenute pronte a muovere al primo ordine; infatti l'ordine di operazione giunse dal comando di divisione alle ore 20 del 12 aprile. Alle 23, il Comando Legione ed il XXVII battaglione CC.NN. dovevano partire per raggiungere Masapliku: la 367ª compagnia mitraglieri sarebbe andata col XXVII, ma arrivata a destinazione sarebbe passata alle dipendenze

del 17° Fanteria. Il XIX sarebbe partito alle 23,15 per raggiungere quota 230 a sud di Pallunibit. I reparti sarebbero dovuti essere sulle posizioni assegnate per le ore 4 del 13.

La marcia si svolse regolarmente malgrado il fango terribile delle mulattiere; le Camicie Nere vi affondavano per circa 20 centimetri. essendo il terreno inondato dalle piogge. Ma i legionari si dimostravano entusiasti all'idea di passare all'offensiva dopo le tremende prove della difensiva sofferte sulle flagellate quote del Litorale durante il periodo dicembre-gennaio.

L'attacco si sarebbe effettuato con inizio alle ore 7 del 14 aprile; anche il XXVII battaglione venne messo a disposizione del 17° Fanteria e perciò raggiunse quota 477. Il 14 aprile infatti fu impegnato in azione, incontrando accanita resistenza e perdendo sette uomini feriti fra cui un ufficiale. Anche la 367ª compagnia mitraglieri ha ebbe due feriti.

Intanto il Comando Legione ed il XIX battaglione vennero inviati a quota 351 a disposizione della divisione *Cuneo*; vi giunsero alle 23,25 del 16 aprile.

Il 17 aprile, d'ordine della divisione, la 18ª Legione col suo XIX battaglione e con l'LXXXIII CC.NN. di Piacenza, che le era stato provvisoriamente aggregato, divenne riserva divisionale. Questi reparti dovevano arrivare, ed arrivarono, a Himara e poi a Spilea.

Il 18 la Legione riprese la marcia e alle ore 3,50 raggiunse o Porto Palermo, dove la 18ª Legione CC.NN. *Costantissima* prese contatto con la 24ª Legione CC. NN. *Carroccio*. Quest'ultima proseguì per S. Dimitri. Alle ore 12 il XIX battaglione e alle 14 l'LXXXIII battaglione raggiunsero Sorgente, e alle 19 vi era radunata tutta la Legione. In considerazione dell'accanita resistenza opposta dalle retroguardie greche, la 18ª Legione ricevette l'ordine di attaccare il nemico fortemente appostato in zona di Piquerasi. L'LXXIII attaccò le quote 311-325-327; mentre due compagnie ed il plotone esploratori del XIX tentarono l'aggiramento per precludere all'avversario il ripiegamento sulla strada di Piquerasi.

Le altre due compagnie del XIX battaglione CC.NN. seguirono l'LXXXIII lungo la rotabile. I greci, pur essendo travolti dall'attacco, riuscirono a sfuggire all'accerchiamento protetti da reparti di cavalleria; vennero però immediatamente inseguiti dalle Camicie Nere. All'alba del 19 aprile gli elementi avanzati legionari entrarono a Piquerasi. Alle 8,30, la avanzata venne ripresa superando le residue resistenze elleniche; le Camicie Nere attaccando continuamente e superando tutti gli ostacoli riuscirono, alle 21,15, ad occupare S. Basilio e la intera 18a Legione si attestò cinque chilometri oltre il paese.

Durante la notte la legione venne scavalcata da altri reparti della divisione ma alle 8 riprese ugualmente il movimento in avanti; consumato il rancio continuò la marcia ed a sera i vari reparti si accamparono a Nord Est di Porto Edda.

Il 22 ed il 23 arrivò la notizia della resa della Grecia: i battaglioni e le salmerie poterono finalmente concedersi un po' di riposo e ne approfittarono per riordinarsi; finalmente gli uomini poterono dedicarsi alla pulizia di sé stessi e delle armi.

La legione cessava di far parte, per l'impiegò tattico, della divisione *Cuneo* e rientrò alla divisione *Acqui* a tutti gli effetti. Il 27 il XIX battaglione e il comando Legione si trasferirono a Nimizza dove vennero successivamente raggiunti dal XXVII battaglione e dalla compagnia mitraglieri.

Il 30 aprile per ordine della divisione la 18ª Legione si trasferì e si accampò a

Porto Edda, dove venne avviato anche tutto il materiale dei reparti. Il trasporto fu definitivamente ultimato il 5 maggio in modo che Porto Edda divenne la base della legione. Il 6, sempre per ordine della divisione, la Legione si trasferì sull'isola di Corfù.
Partì per primo il XXVII battaglione che compì ordinatamente le operazioni di imbarco e sbarco e si accampò a Manduchiòn. Venne raggiunto il 7 maggio dal XIX battaglione, dalla 367ª compagnia CC.NN. mitraglieri e dalla salmerie.
Il 9 maggio, tutta la Legione sfilò in parata davanti al comandante della Divisione *Acqui*: in una c cerimonia vennero distribuite le ricompense al valore concesse sul campò per le azioni del gennaio nel settore del Litorale.
Nei giorni che seguirono, i reparti della legione occuparono le zone loro assegnate nella parte nord dell'isola: Ufficiali e Camicie Nere, smentendo la propaganda greca, che aveva annunciate uccisioni in massa della popolazione, stupri di donne e requisizioni indiscriminate da parte dei soldati italiani, distribuirono viveri agli abitanti ed i medici militari prestarono gratuitamente la loro opera in favore della popolazione che - di fronte a tale evidenza - cominciò a mostrarsi amichevole e si affiatò con le truppe occupanti. Alcuni ufficiali iniziarono l'insegnamento della lingua italiana nelle scuole.
La 18ª Legione d'assalto CC.NN. *Costantissima* venne poi disciolta nel novembre 1941, passando alcuni dei suoi legionari, come complementi, alla 108ª Legione *Stamira* inquadrata nella divisione *Messina*.

Un'altra legione che si distinse in combattimento fu la 24ª Legione *Carroccio*, inizialmente costituita dal XXV battaglione CC.NN. di Monza, dall'LXXXV battaglione CC.NN. di Apuania e dalla 24ª compagnia Mitraglieri (24ª Legione di Milano) . Essa venne mobilitata fra il 14 ed il 24 novembre 1940 e destinata alla divisione di fanteria *Cuneo* (7°-8° Reggimento Fanteria e 27° Artiglieria). A comandare la legione venne designato il Console Fabio Pastorini, sostituito subito dopo dal console Italo Romegialli; il XXV battaglione era comandato dal Primo Seniore Stendardi, la 24ª compagnia mitraglieri dal Centurione Raul Biagioni. Nei primi giorni di mobilitazione vennero svolte tutte le operazioni, per il prelievo dei materiali, del vestiario e dell'equipaggiamento e per la loro distribuzione; fu anche dato inizio al ciclo addestrativo dei reparti. Il 26 novembre il LXXXV battaglione passò alle dirette dipendenze del Comando delle FF.AA. di Albania ed a sostituirlo nella legione venne mobilitato il XXIV battaglione CC.NN. d'assalto di Milano, comandato dal Seniore Guido Conca. Il Principe di Piemonte Umberto di Savoia passò in rivista i reparti il 20 dicembre e si compiacque della loro preparazione; mentre continuava l'addestramento, alla Legione giunse l'ordine di partenza. Il 26 dicembre partirono per primi il Comando di Legione, il XXV battaglione CC.NN., cui venne consegnato il gagliardetto con cui lo stesso battaglione, sotto la numerazione di CXXV, aveva coraggiosamente combattuto in Etiopia con la divisione CC.NN. *28 Ottobre*. Il battaglione e la 24ª compagnia ricevettero l'ordine di proseguire a piedi fino a Palasa e il 18 assunsero la responsabilità del presidio della seconda linea di difesa nella zona di Ilias ad ovest di Vunoj, sottoposti ai primi tiri delle artiglierie e dei mortai greci.
Intanto il XXIV battaglione CC.NN. era sbarcato a Valona ed era arrivato, autotrasportato, a Palasa ed Ilias il 22 gennaio. Per ordine del comando di divisione

della *Cuneo*, il 23, il XXV battaglione diede il cambio in linea alla 18a Legione CC.NN. *Costantissima*, e si dispose come segue: la 1ª compagnia a quota 485, la 2ª compagnia si attestò da quota 485 fino al contatto con un reparto del XII battaglione CC.NN., la 3ª compagnia sul greto del torrente Niles. Anche il XXIV battaglione inviò in linea la 1ª compagnia e la 2ª compagnia; il plotone esploratori venne sistemato come difesa costiera mentre la 3ª compagnia fu tenuta in rincalzo.

I movimenti si effettuarono sotto una pioggia battente.

Il 24 gennaio vi furono scambi di colpi di artiglieria, mitragliatrici e lanci di bombe a mano. Il XXV battaglione, nella notte, superando notevoli difficoltà dovute al terreno scosceso ed alla pioggia torrenziale, si portò sulle posizioni comprese fra quota 1005 - Vunoj e quota 353, ma ricevette poi ordine di rientrare nelle posizioni di partenza.

Le compagnie 2ª e 3ª ed il plotone comando di battaglione, raggiunto l'abitato di Ilias, ricevettero ordine di raggiungere la selletta di quota 985 e la 3ª compagnia si spinse fino a quota 1017 dove prese contatto con reparti del XII battaglione CC.NN. All'alba del 25, dopo una notte all'addiaccio, sotto una pioggia continua, le due compagnie raggiunsero le quote 1284 e 1389 sostituendo i reparti in linea del XII e provvedendo a migliorare la sistemazione difensiva delle posizioni avute in consegna. La 1ª compagnia, avuto a sua volta l'ordine di rientrare da quota 353, si ricongiunse al battaglione a quota 1284 nelle prime ore del 27, sostituendo la 3ª compagnia del XXIV che passò alle dipendenze del XII battaglione CC.NN. In seguito agli ordini della *Cuneo* il Primo Seniore Stendardi assunse il comando del settore, avendo alle dipendenze il suo XXV, il XII ed un battaglione alpini di formazione comandato dal maggiore Bergui.

Alle 10.15 del 27 ebbe inizio l'azione.

I reparti iniziarono l'avanzata ostacolati dalla difficile natura del terreno completamente scoperto e dal fuoco nemico; si procedeva lentamente. La 2ª compagnia (Centurione Gatti) si impadronì di quota 1620 e, spingendo un plotone sulla sinistra, occupò anche la quota 1696 del Messimerit, fatta segno a violento fuoco dei greci. Nel frattempo la 3ª compagnia occupava le pendici di quota 1620 e prese collegamento a vista col comando del XII a quota 1046 dell'Allonagit. La 1ª compagnia e il plotone esploratori sostarono a quota 1284 e provvidero al rifornimento di munizioni alle compagnie operanti. La 2ª compagnia, dopo aver consegnate al battaglione alpini del maggiore Bergui le posizioni occupate, scese ad occupare quota 1551, e nella notte rientrò a quota 1284.

Per controbattere il tiro nemico venne chiesto l'appoggio dell'artiglieria.

Alle ore 15,30, ricevuto dalla divisione l'ordine di attaccare ed occupare quota 1387 fortemente presidiata dall'avversario con armi pesanti, il Seniore Stendardi si pose alla testa dei suoi reparti e precisamente: a sinistra la 3ª compagnia del Centurione Erba con direttrice da quota 1284 a quota 1303; al Centro la 1ª compagnia al comando del capomanipolo Gagliardi con direttrice dalle posizioni di partenza a quota 1387; a destra la 2ª comandata del Centurione Gatti con direttrice quota 1252 - quota 1387.

Malgrado l'accanita resistenza dei greci annidati sugli strapiombi delle quota 1387 e 1376 dalle quali dirigevano sugli italiani il tiro di armi pesanti, le Camicie Nere del XXV battaglione con calma e sprezzo del pericolo iniziarono l'attacco e avanzarono guadagnando terreno: caddero subito quattro Camicie Nere. e si ebbero 18 feriti, tra cui lo stesso comandante del battaglione. Questi, viste le difficoltà del terreno, l'intensità del tiro nemico e la mancanza del fuoco di accompagnamento della nostra artiglieria, fece sostare i reparti sulle posizioni raggiunte nell'avanzata e ne informò il comando della divisione *Cuneo*.

La sera stessa si scatenò una violenta bufera the continuò per tutta la giornata seguente, i legionari si aggrapparono alle posizioni raggiunte e le mantennero; in seguito all'allontanamento per le ferite riportate del comandante del XXV, il Seniore Rossi comandante del XII battaglione CC.NN. assunse il comando dell'azione. Nella mattinata del 30 gennaio, d'ordine della divisione, le compagnie 1ª e 3ª del XXV si raccolsero a quota 1046 dell'Allonagit, e si mettono agli ordini del sen. Rossi.

Nei giorni seguenti i reparti del XXV, con turni di compagnia, presidiarono quota 1252, perdendo sei Camicie Nere ed ebbero 19 feriti, fra cui tre ufficiali.

In queste stesse giornate il battaglione forniva alla 18ª Legione un reparto di 22 uomini ed un ufficiale per l'effettuazione di colpo di mano su quota 1096; e vari servizi di pattuglia in prima linea a rincalzo di un reparto del XIX battaglione CC.NN. Dopo il ricovero per ferite del suo comandante, il XXV fu comandato interinalmente dal Centurione Pietro Erba.

Vediamo adesso come veniva impiegato, in questo medesimo periodo, il XXIV battaglione CC.NN. Come si è detto, la 3ªcompagnia era passata dal 27 alle dipendenze del XII battaglione sulle quote 1270 e 1252.

All'alba del 28 si profilava un attacco nemico tendente a scacciare i legionari da quelle posizioni, appoggiato da un intenso fuoco di mitragliatrici pesanti e di mortai da 81. Le Camicie Nere non disponevano che di fucili mitragliatori e di mortai *Brixia* da 45, ma riuscirono a respingere i reiterati assalti dei greci, infliggendo loro severe perdite in morti e feriti. La 3ª compagnia aveva 4 caduti e 12 feriti.

In questo combattimento si distinse il capomanipolo Manlio Fanton; da solo, in mezzo ai suoi uomini caduti, rifiutava i rinforzi e teneva testa al nemico col preciso lancio di bombe a mano, intramezzando i lanci ad ironiche invettive.

La 2ª compagnia viveva la sua pagina più tragica a cominciare dalla tarda sera del 29 gennaio: dovendo prendere collegamento con un battaglione alpini dislocato a quota 1551, iniziava di notte la marcia attraverso un terreno ignoto e privo di sentieri e non riusciva a raggiungere la meta neppure all'alba del 30. Sostava per orientarsi ed in quel mentre era raggiunta da un ufficiale che comunicava essere gli alpini attaccati e bisognosi di rinforzi per la grave situazione in cui si trovavano.

La 2ª compagnia si alleggeriva di parte dell'equipaggiamento e, nell'intento di correre in aiuto degli alpini, riprendeva subito la marcia sotto la bufera imperversante, accelerando sempre più il movimento. Arrivava a congiungersi con gli alpini, che erano sì attaccati, ma non seriamente come aveva riferito l'ufficiale. La compagnia passò la notte tra il 30 ed il 31 all'addiaccio nel gelo e con un insufficiente equipaggiamento. Il 31 veniva tentato il recupero del materiale; tentativo reso tragico dalla furia della tempesta di neve the perfino strappava le tende ancorate degli alpini, e non permetteva nessun riposo e recupero fisico. Le terribili condizioni atmosferiche fecero vivere ore spaventose alle Camicie Nere accomunate nella lotta per la vita agli alpini fortunatamente meglio equipaggiati; il maltempo continuo per vari giorni ancora e purtroppo non tutte le Camicie Nere furono in condizioni di superare con la forza dello spirito e le capacità fisiche la tremenda prova. Molti furono i colpiti dal torpore mortale e persero la vita assiderati.

Le perdite complessive del XXIV battaglione furono di 31 morti e 10 feriti. Anche la 24ª compagnia mitraglieri ebbe in quei giorni un lodevole comportamento battendosi coi suoi plotoni a quota 513 in appoggio alla fanteria e nella zona dell'Allonagit col XII battaglione CC.NN., perdendo 7 feriti.

Le perdite complessive della 24ª Legione d'assalto dall'inizio delle azioni fino a tutto febbraio furono di 43 caduti e 52 feriti.

Dopo queste dure prove la 24ª Legione fu rilevata sulla linea da reparti del 7° reggimento fanteria della *Cuneo* e si raccolse tutta nella zona della seconda linea di difesa.

Neppure in seconda linea vi fu riposo: le posizioni erano ugualmente battute a varie riprese dal fuoco dell' artiglieria e dei mortai greci che danneggiano i ricoveri, interrompevano le mulattiere, impedivano la regolarità dei rifornimenti. Inoltre vi furono continui lavori da effettuare: riattamenti di sentieri e mulattiere, nuovi collegamenti, camminamenti di arroccamento. E ancora si aggiunsero le pattuglie diurne e notturne da mandare fuori delle linee. Queste attività durarono per tutto il mese di marzo; in questo periodo giunsero dall'Italia i complementi per riportare i reparti alla forza organica. In tutto il mese di marzo la Legione ebbe solo la perdita di due feriti.

L'inizio di aprile trovò ancora la 24ª Legione nella medesima situazione. I lavori di trasformazione in carrettabile della pista Todhosi-Vunoj, frutto della fatica delle Camicie Nere furono completati migliorando la situazione logitica. Dal primo aprile, spesso il nemico sottopose tutte le posizioni a pesanti tiri di artiglieria e mortai ma ormai veniva immediatamente controbattuto dal fuoco italiano, ciò che lo indusse al silenzio. Alle 21 del primo aprile, da quota 517, il nemico, a mezzo altoparlanti, invitò in italiano le truppe ad abbandonare l'alleato e a rinunciare alla guerra. Gli si rispose col fuoco e con una trasmissione radio da quota 443.

Il due i greci ricominciarono la propaganda annunziando la perdita di Asmara a Massaua, invitando i nostri alla diserzione. Le Camicie Nere risposero col tiro dei moschetti e con fischi ed insulti.

Si intensificò, nei giorni seguenti, il servizio delle pattuglie. Il 6 aprile il nemico stesso comunicò alle nostre truppe col solito sistema che anche la Jugoslavia era coinvolta nel conflitto. I legionari accolsero la notizia con entusiasmo, e, nei giorni che seguirono si intensificano gli apprestamenti difensivi nell'ipotesi che i greci tentassero di approfittare dello spostamento di unità sul fronte jugoslavo imbastendo qualche seria azione offensiva. L'8 aprile giunse alleCamicie Nere la notizia della fulminea controffensiva italo tedesca guidata da Rommel in Libia, della riconquista di Bengasi e Derna e della avanzata travolgente delle armate germaniche ad italiane in Jugoslavia.

Il 10 aprile, in previsione della ripresa offensiva, venne messo a disposizione della Legione l'LXXXIII battaglione CC.NN. *Livorno* che si portò sulle posizioni assegnate. Il 13 aprileera il giorno di Pasqua: giunsero alle truppe gli auguri del generale Giovanni Messe, comandante del Corpo d'Armata Speciale e del comandante della divisione *Cuneo*, generale Melotti. Il tempsi manteneva pessimo:

scrosci di pioggia si alternavano a nevischio. Nello stesso giorno di Pasqua giunse l'ordine alla 24a Legione *Carroccio* di attestarsi sulla linea dello Skutarait in attesa dell'ordine di attacco.

Alle ore 6,30 la Legione, su due colonne, iniziò il movimento in avanti verso le quota 133 e 66; le Camicie Nere, malgrado la violenza inaudita del fuoco nemico. dato che la preparazione delle artiglierie italiane non aveva ottenuti risultati significativi sulle linee greche; i militi si inerpicarono verso le quote, sostenuti dal tiro di accompagnamento dei cannoni da 47/32 e da quello delle mitragliatrici pesanti. Le perdite furono subito gravissime ma non diminuirono l'aggressività delle Camicie Nere decise a raggiungere d'impeto le posizioni nemiche.Venne colpito a morte il Primo Seniore Edoardo Bartolena, aiutante maggiore in 1ª della 24ª Legione, mentre, sotto il tiro, provvedeva personalmente ad inviare una compagnia, tenuta in riserva, in rinforzo ai reparti attaccanti. Cadde anche l'Aiutante Maggiore in 2ª del XXV battaglione, Centurione Cerudi; caddero il Centurione Giarmoleo che, individuato un centro di fuoco ellenico, afferrava un'arma automatica e si lanciava su di esso, ed il capomanipolo Amorelli che, raggiunta quota 133, si lanciava di trincea in trincea tempestando il nemico con le bombe a mano fino a che crollava raggiunto in pieno da una raffica di mitraglia. Cadevano eroicamente ancora altri ufficiali, sempre alla testa dei loro reparti: il capomanipolo Giulio Tuci, il Centurione Andreoni, il Centurione Ronzani ed i capimanipolo Pruzzi e Tauschech.

Tuci avrà la Medaglia d'Oro alla memoria:

Comandante di plotone mitraglieri, contribuiva decisamente coll'azione di fuoco delle sue armi, alla conquista di munitissima posizione. Avute inutilizzate le armi da violento fuoco di repressione e nemico e ferito, respingeva un contrattacco con estremo ardimento, inseguendo l'avversario alla testa dei suoi legionari e conquistando altra posizione avanzata. Contrattaccato ancora da forze preponderanti, si impossessava del fucile mitragliatore di un caduto e sbaragliava ed inseguiva il nemico in fuga, causandogli gravissime perdite. Colpito a morte, cadeva sulla propria arma, inneggiando al Re, al Duce ed alla Patria. Magnifica figura di comandante, nobile esempio di combattente.

Alle 8,15 quota 133 era definitivamente conquistata dalle Camicie Nere della 2ª compagnia del XXIV battaglione che proseguiva, trascinata dal suo comandante Centurione Rao Torres, all'inseguimento dell'avversario.

Intanto la compagnia del Centurione Gatti del XXV battaglion,e superata la selletta nord di quota 133 dopo averne annientati i difensori, raggiungeva il villaggio di Zamari e si disponeva a proseguire per Himara alla ricerca del contatto con l'8° Fanteria *Cuneo* che agiva a sinistra delle Camicie Nere.

Incurante di colpire anche suoi elementi ormai superati e rimasti accerchiati, i greci iniziavano un violentissimo tiro contro le posizioni conquistate dalle Camicie Nere; il fuoco di artiglierie e mortai, uscite indenni dal tiro di preparazione nostro, era di tale violenza da consigliare una sosta sulle posizioni raggiunte e la richiesta di due compagnie di rincalzo per la continuazione dell'offensiva, tanto più che i greci ammassavano forze valutate a oltre due battaglioni per lanciare un contrattacco nella nottata. Alla 24ª Legione era venuto a mancare l'appoggio, sulla sinistra, dell'azione dell'8° Fanteria. In questa situazione il comando della *Cuneo* ordinava l'abbandono delle posizioni conquistate a prezzo di tanto sangue e il ritorno dei reparti sulle posizioni di partenza per sottrarli al tiro distruttivo avversario. Il ripiegamento doveva iniziarsi alle 20,30, mascherato dal fuoco dei cannoni divisionali; fortuna volle che proprio quando iniziava il fuoco, i greci tentassero la riconquista di quota 133, con due furibondi attacchi ai quali rispondeva la 2ª compagnia del XXIV battaglione comandata dal Centurione Rao Torres, con contrassalti che provocavano una dura lotta corpo a corpo; i greci vennero ricacciati con gravi perdite sulle posizioni di partenza.

Durante la notte venivano raccolti i caduti e provveduto al trasporto ed alla medicazione dei feriti.

La durissima giornata era costata alla *Carroccio*, in un ininterrotto combattimento di 15 ore, forti perdite:

Caduti: 57 di cui 9 ufficiali
Feriti: 158 di cui 11 ufficiali
Dispersi: 24 di cui 1 ufficiale.

Dopo la cruenta lotta sostenuta dalla 24ª Legione il 14 aprile essa, ritornata sulle vecchie posizioni provvide alla riorganizzazione dei reparti in conseguenza delle notevoli perdite, specie nei quadri. I reparti si riorganizzarono rapidamente, mentre la divisione *Cuneo* riprese l'azione offensiva nel settore nord ed in quello centrale. Qualora si fossero ottenuti successi, la legione *Carroccio* doveva approfittarne per attaccare e travolgere la linea nemica antistante, da quota 517 al mare. Mentre l'azione negli altri settori si annunciava già favorevole, vennero costituiti dei pattuglioni per tentare la reazione nemica e giudicarne la consistenza che risultava indebolita.

Infatti tale era la situazione in seguito ai successi già ottenuti dal 7° e dall'8° Fanteria che avevano conquistate le Quote 1423 - 1387 - 1376 a nord e le quote 676 e 731 al centro.

Alle 7 del 17 la *Carroccio* era già raccolta in zona Cipi i Leros pronta a muovere su due colonne: a sinistra il XXV battaglione doveva puntare su quota 517 e a destra il XXIV, passando per il basso, doveva ricongiungersi col XXV a Spilea.

L'attacco della colonna di sinistra iniziò alle 8,40 e quello della destra alle 10. Mentre la Legione si lanciava all'assalto giunse la notizia dal comando divisione che il nemico stava abbandonando anche il caposaldo di quota 1096.

La colonna di destra superava di slancio le residue resistenze elleniche sulle quote 133 e 66 e quelle di Vlatoria e Panaia eliminandole sul posto. La colonna di sinistra superata la selletta di quota 133 si gettava all'inseguimento del nemico per Zamari, Panaia e Porto Palermo.

Il nemico in fuga abbandonava armi, munizioni, viveri, materiale di ogni genere ed anche i feriti, oltre al rancio ancora caldo.

Alle 13,30 il XXV battaglione CC.NN. raggiunse quota 20 oltre Segreli e si congiunse col XXIV. La marcia in avanti per agganciare e battere le retroguardie avversarie fu subito ripresa in questa formazione:

Avanguardia:
XXIV battaglione CC.NN. e plotoni esploratori dei 2 battaglioni.
Grosso: 24ª compagnia mitraglieri CC.NN. - comando Legione - XXV battaglione

CC.NN. - 6ª compagnia cannoni da 47/32.

All'altezza di Porto Palermo il nemico tentava una ulteriore resistenza, ma il passaggio fu forzato; truppe italiane si trovavano già a S. Dimitri oltre le retroguardie elleniche. Eliminate le ultime resistenze, giunta la notte, la Legione prese posizione nella regione di Porto Palermo, con reparti avanzati a S. Dimitri.
Il generale Melotti mise a disposizione della *Carroccio* le due compagnie di moschettieri arditi ed una sezione da 65/17. Più tardi passrono alla dipendenza della 24ª Legione anche altri due battaglioni di Camicie Nere: l'LXXXIII ed il XIX (della 18ª Legione *Costantissima*). La *Carroccio* iniziò all'alba del 18 aprile l'avanzata con tutto il complesso di forze ai suoi ordini per tentare l'aggiramento delle retroguardie greche asserragliate nella località di Piquerasi.
Malgrado il nutrito fuoco avversario, il XXIV battaglione occupò Castel di Borse ed il XXV forzava la località Sorgente; ma i greci opponevano una tenace resistenza da formidabili posizioni causando alle Camicie Nere la perdita di un ufficiale ferito gravemente, e di tre morti e 6 feriti fra la truppa. Fu necessario attendere l'intervento dell'artiglieria per schiacciare i centri avversari. Il 19 la *Carroccio* proseguiva l'azione con sempre crescente slancio e tendeva all'accerchiamento di Piquerasi, con una compagnia di Camicie Nere dell'LXXXIII battaglione ed una del XIX battaglione in testa. Piquerasi venne presa d'assalto alle 8,10 alla presenza del Comandante della divisione *Cuneo* che era giunto in testa alla colonna per animare le Camicie Nere con le parole e la propria presenza.
Un reparto nemico di cavalleria riuscì a sfuggire prendendo il galoppo sulla rotabile; erano circa 300 cavalieri.
Superata Piquerasi la colonna arrivava a Sorgente e si sistemava come segue:

LXXXIII battaglione e XIX battaglione della 18ª Legione CC.NN. a Bumerit

24ª Legione CC.NN. a cavallo della rotabile a ovest di Sorgente

Battaglione moschettieri-arditi del Corpo d'Armata Speciale in prossimità della strada per Lucova

24ª compagnia mitraglieri CC.NN. costone sud di Lumi

6ª compagnia cannoni sulla rotabile alle pendici sud ovest di Sasani

III Gruppo artiglieria a Piquerasi.

Alle 11,30, avuta notizia che elementi greci avrebbero cercato resistere a S. Basilio, costituito un nucleo scelto di 36 volontari delle Legioni 18ª e 24ª, armati di fucili mitragliatori, questo veniva affidato al comando del tenente Tempesta col compito di eliminare le retroguardie greche, avanzando su S. Basilio con l'aiuto di motociclette.
Intanto tutta la colonna riprendeva la marcia in avanti. Veniva occupata Lucova, catturandovi numerosi prigionieri, e oltrepassata quota 293 difesa strenuamente dai greci che infliggevano alle Camicie Nere la perdita di 3 morti e 6 feriti.

Risultava che S. Basilio era ancora difesa da elementi con numerose mitragliatrici e pertanto veniva disposto l'attacco spingendo innanzi il battaglione moschettieri-arditi del maggiore Rubini con la 24ª compagnia mitraglieri CC.NN. e inviando sulla rotabile un plotone del 7° fanteria accompagnato da mitraglieri.

S. Basilio era presa alle 19 e alle 19,30 cadeva anche Nirizza. A sera i reparti si attestavano sulla dorsale Nirizza-S. Basilio, in attesa degli ordini per la occupazione di Porto Edda, la vecchia Santi Quaranta.

Il 20 aprile, essendo ostacolata la marcia di una colonna autocarrata a causa di serie di interruzioni stradali preparate dai greci in fuga, furono mandati ad occupare   Porto   Edda   i   seguenti   reparti: il plotone esploratori del XXIV battaglione CC.NN., la 2a compagnia del XXIV e la 3a compagnia del XXV, che conquistarono Porto Edda alle ore 7.

La 24ª *Carroccio* si accampò in località Giasta e vi sostò a riposo per tutto il 21 ed il 22 aprile; l'avanzata viene ripresa il 23 ed il 25 i reparti passarono il confine albanese-greco alle ore 9.

Entro le 19 tutta la Legione si radunò a Smestos, in territorio greco, e vi si accasermò.

Seguì un giorno di completo riposo, il primo da gennaio, e le Camicie Nere si dedicarono alla pulizia; furono distribuiti oggetti di vestiario nuovi in sostituzione dei vecchi, ormai inservibili.

In giornata l'LXXXIII battaglione CC.NN. lasciò la Legione per passare alle dipendenze della divisione *Modena*. Al suo posto venne assegnato il XII battaglione CC.NN. (Aosta). La 24ª Legione rimase a Smestos fino al termine del mese.

L'8 maggio le fu assegnato provvisoriamente anche il IX battaglione CC.NN. (Sondrio) e il 9, assieme ai due battaglioni aggregati, la 24a Legione si spostò al campo del reggimento artiglieria divisionale dove le truppe furono passate in rivista ed elogiate dal comandante la divisione *Cuneo*, generale Melotti; quindi i battaglioni rientrarono ai loro accampamenti.

E' di quei giorni l'arrivo dall'Italia di un blocco di pacchi dono per la truppa; per iniziativa di alcuni mitraglieri della 24ª compagnia venne proposto che invece di essere distribuiti i pacchi fossero posti all'asta, allo scopo di ricavarne una somma da destinare ai familiari dei caduti quale segno di onore e di affetto dei camerati sopravvissuti. La proposta venne accolta da tutte le Camicie Nere e subito ha luogo l'asta; i legionari alimentarono l'asta alzando esageratamente le offerte in maniera di far sì che la somma raccolta fosse la più alta possibile.

Il 20 maggio il IX battaglione Camicie Nere (Sondrio) lasciò la Legione per rimpatriare.

La 24a Legione il 25 ricevette l'ordine di spostamento; le camicie Nere lasciarono Smestos e, autocarrate, arrivarono a sera a Votonosi, alle falde del Pindo.

Il 18 venne comunicata la notizia della concessione della Medaglia d'Argento al V.M. sul campo del Console Italo Romegialli, valoroso veterano della guerra d'Etiopia, comandante della 24ª,che fu vivamente festeggiato dagli ufficiali e dai legionari: era il giusto riconoscimento al valore dimostrato dalla Legione nella dura lotta sostenuta ininterrottamente per tre mesi consecutivi5.

Infine, una curiosità. Il 31 maggio 1941, poco prima di imbarcarsi per l'sola di Lero

---

5 Su Romegialli si veda il profilo biografico in appendice al presente volume.

e poi di Samo, il Console Romegialli ordinò alla Lorioli un distintivo per la 24a Legione, allegando anche un disegno su cui lavorare e le sue indicazioni: il distintivo doveva mostrare la zona della Grecia e Creta, il pugnale da combattimento della Milizia piantato nel Canale di Suez e il motto della legione *Menare*.
Il pugnale nel Canale di Suez stava a rappresentare uno dei due bracci della tenaglia che doveva stritolare gli inglesi. La Grecia appena conquistata e le isole del Dodecaneso erano il luogo di partenza del braccio della tenaglia che si doveva unire con quello costituito dall'Armata Corazzata Italo- Tedesca di Rommel che puntava verso l'Egitto. Il disegno venne fatto modificare dal Console Romegialli raccomandando che il pugnale fosse il protagonista del distintivo nascondendo parzialmente l'isola di Creta che era stata conquistata dai tedeschi e che il motto *Menare* si vedesse bene quanto il pugnale. Lorioli produsse e spedì regolarmente al comando della Legione 2.034distintivi .
La 24a Legione però non pagasse i distintivi, sostenendo di non averli mai ricevuti. Alla fine, dopo le forti rimostranze di Lorioli, la Federazione dei Fasci di Combattimento di Milano pagò la fattura esattamente un anno dopo, il 16 aprile 1942.

Ciò che colpì gli Stati Maggiori della Milizia e dell'Esercito fu la maggiore combattività di alcune legioni d'assalto, per esempio la 15a *Leonessa*, che sconfisse sempre i greci che si trovò di fronte, la 30a Legione d'assalto, e soprattutto le Camicie Nere del Raggruppamento *Galbiati* (dal nome del comandante, Console generale Enzo Galbiati) formata da tre battaglioni CC.NN. da montagna lombardi (VIII battaglione, Varese; XVI battaglione, Como e XXIX battaglione, Arona).
Il Raggruppamento era nato quando, stante la cattiva situazione delle truppe italiane sul fronte greco, il Console Generale Galbiati, che, distintosi nella conquista dell'Impero sul fronte somalo al comando della 219a Legione *Vittorio Veneto*, formata da veterani della Prima Guerra Mondiale, nel presente conflitto svolgeva incarichi di collegamento tra la Milizia ed il comando dell'11a Armata, richiese ai generali Geloso e Cavallero di poter ottenere un comando operativo di truppe d'assalto, Galbiati aveva prestato servizio come ufficiale degli Arditi divisionali della brigata *Sassari,* le sole che con una adeguata motivazione potessero essere in grado di reggere e contrattaccare, come avvenuto con i Reparti d'Assalto della Grande Guerra. Reparti della Milizia, ovviamente: ma per ottenere un tale comando occorreva una disponibilità di reparti di Camicie Nere che sul fronte greco- albanese non esisteva. Galbiati allora, saltando la via gerarchica, inviò una richiesta direttamente al Duce e pochi giorni dopo giunsero a Valona imbarcati su alcuni cacciatorpediniere, tre battaglioni di Camicie Nere I battaglioni erano, come detto:

VIII battaglione CC.NN. *Varese* - C.te Primo Seniore Leopoldo Gagliardi
XVI battaglione CC.NN. *Como* - C.te Seniore Ferdinando Vanini
XXIX battaglione CC.NN. *Arona* - C.te Primo Seniore Ferruccio Bonapace
(MOVM alla Memoria),

 con i quali Galbiati iniziò la costituzione quel Raggruppamento che prese il suo nome e che si coprì letteralmente di gloria tanto da essere ripetutamente citato nei bollettini di guerra ed anche dallo stesso Mussolini, il 10 giugno 1941, in un discorso alle Gerarchie del Partito alla Camera dei Fasci e delle Corporazioni in occasione del primo anniversario dell'entrata in guerra.

Il *Raggruppamento Galbiati* si nacque ufficialmente in Valona il 24 Dicembre 1940. Si trattava di reparti eccezionali, pur senza avere un armamento adeguato, ma con un morale fortissimo, le cui prestazioni ricordavano quelle degli Arditi della Grande Guerra, soprattutto in un momento di grave crisi per le armi italiane. I tre battaglioni di Galbiati e altre unità di Camicie Nere si dimostrarono più efficienti nei combattimenti montani anche di grandi unità, raggiungendo risultati migliori di intere divisioni di fanteria, come nella battaglia di Maritzait (Marizai) del 13 febbraio 1941. Il Raggruppamento CC. NN. Galbiati dal primo gennaio 1941 fu inquadrato nel IX Corpo d'Armata e schierato sul litorale di Santi Quaranta (Porto Edda) in condizioni metereologiche durissime, sotto bufere di neve e subendo i primi congelamenti, il 18 gennaio venne assegnato al XXV Corpo d'Armata, sempre appartenente all'11 Armata. In seguito il Raggruppamento Galbiati mosse da Valona, dove subì un bombardamento aereo da parte della R.A.F., e risalendo il fiume Vojussa fino all'affluente Drino, giunse in autocarro oltre Tepeleni, a Klisura. Dal primo febbraio il Raggruppamento venne schierato in prima linea nella Valle delle Arze insieme al 54 reggimento fanteriabe alle armi pesanti della Divisione *Sforzesca*. Il Raggruppamento Galbiati venne così schierato: il VIII battaglione CC.NN. (Varese) a Marizai, il XVI battaglione (Como) a mezza costa ed il XXIX battaglione da montagna (Arona). dietro la vetta del Mali Scindeli. Le Camicie nere avevano il compito di far fallire il previsto attacco in massa dei greci da Perati all'ultima catena difensiva che, se conquistata con la sottostante Marizai, avrebbe aperto al nemico la via per Valona. Il Raggruppamento Galbiati, appoggiato dal II° battaglione mortai del 54° fanteria *Sforzesca* e da due gruppi artiglieria riuscì da solo, battendosi ferocemente all'arma bianca, a stroncare l'impeto offensivo della migliore divisione greca, la *Kritai,* sino ad allora imbattuta, il cui compito era lo sfondamento del fronte italiano e la conquista, ritenuta ormai certa dai comandi ellenici, di Valona. Nei durissimi scontri cadde il Primo Seniore Ferruccio Bonapace, comandante il XXIX° battaglione CC.NN. d'assalto *Arona*, ucciso su quota 1178 di Maritzait da una scheggia di cannone da 75mm; Bonapace venne decorato con la Medaglia d'Oro al Valor Militare alla memoria:

Volontario di guerra, chiedeva ed otteneva il comando di un battaglione di CC.NN. sul fronte greco. Ovunque si distingueva per ardimento ed abilità nel comando, dando esempio di elevate qualità combattive e di valore. Durante nove giorni di dura ininterrotta battaglia per la difesa dello Scindeli, alla testa dei suoi reparti, primo fra tutti, ripetutamente e tenacemente conduceva camicie nere e fanti all'assalto, con intelligenza ed audacia. Avendo il nemico occupato, dopo cruenta lotta, un forte caposaldo, con pronta decisione contrattaccava respingendolo ed infliggendogli gravissime perdite. La sua azione valeva a conservare una posizione importantissima che, se perduta, avrebbe compromesso l'intero fronte. Mentre con supremo slancio ghermiva la vittoria, cadeva romanamente sulle posizioni conquistate e duramente tenute.

Mali Scindeli - Q. 1178 (Fronte greco), 13-21 febbraio 1941.

Gli scontri si conclusero solo il 23 febbraio, dopo dieci giorni di lotta feroce. Per la prima volta i greci erano stati sconfitti. La battaglia di Marizai venne considerata la data di nascita "morale" dei battaglioni *M* anche nel loro inno:

Contro l'oro c'è il sangue e fa la storia,
contro i ghetti profumano i giardini,
sul mondo batte il cuor di Mussolini,
a Marizai il buon seme germogliò!

Se questi versi sono notissimi, lo sono meno questi altri, versione nata sul fronte greco albanese delle *Cantate dei Legionari*:

Chilometro Ventuno Marizai,
i greci, noi del Gruppo di Galbiati,
li abbiam presi pel collo ed inchiodati
sul Trebescini a colpi di pugnal.
Chilometro Ventuno Marizai,
a colpi di pugnale e bombe a man.

Dal 16 al 23 aprile successivo il Raggruppamento Galbiati si distinse nuovamente nell'occupazione di Valle Drino durante l'offensiva finale, affiancato dalla 26a Legione *Alberto da Giussano* di Gallarate, che faceva parte della divisione *Legnano*, all'alba del 17 aprile, sfondando le linee greche (ciò che agli italiani non era mai riuscito dall'inizio della campagna) e dando inizio all'offensiva finale che, insieme all'offensiva tedesca, portò alla resa della Grecia.
Galbiati era popolarissimo tre le sue Camicie Nere, che cantavano:

Raggruppamento quindi comandato
da un Generale che non manca mai,
ardito, combattente, decorato,
squadrista, vincitor di Marizai.
Al DUCE lo giuriamo, o camerati,
per comandante noi vogliam Galbiati!

Ohé camerati
c'è il Gruppo di Galbiati,
lerai!
c'è il Gruppo di Galbiati,
a noi!

Non si sarebbe potuto dire di molti, troppi, generali italiani.
Galbiati ricevette l'Ordine Militare di Savoia e la terza medaglia d'Argento al Valor Militare, con la seguente motivazione:

Comandante di raggruppamento camicie nere, che sotto il suo impulso animatore aveva già dato numerose prove di valore e di virtù guerriere, durante un'offensiva riusciva a travolgere l'avversario, che opponeva accanita resistenza, conquistando importanti posizioni fortemente apprestate a difesa. Rotto il fronte, con pronto intuito e felice iniziativa, si poneva arditamente alla testa dei suoi battaglioni e, superando numerose zone minate e sbarramenti anticarro, valorosamente guidava le camicie nere alla conquista di altri importanti capisaldi. Agganciato il nemico, nonostante la tenace reazione e le forti perdite, con azioni pronte e decise, riusciva a porlo definitivamente in fuga, contribuendo, in modo efficace, alla vittoria.

Fronte greco, 16 – 23 aprile 1941 XIX.

Oltre alle Camicie Nere italiane erano presenti anche reparti della Milizia Albanese.
In seguito all'occupazione dell'Albania, venne creato il Partito Fascista Albanese con le proprie organizzazioni ricalcate sulle analoghe italiane, ed ovviamente tra esse non poteva mancare la Milizia volontaria, istituita con decreto luogotenenziale il 14 agosto 1939-XVII, che comprendeva un primo ordinamento così strutturato:

1 Legione M.V.S.N. ordinaria con 3 Coorti;
1 Legione M.V.S.N. alpina con 3 coorti.

Il personale era composto sia da italiani che, in massima parte, dalla popolazione albanese. Gli ufficiali venivano nominati dal Comando generale della MVSN.
Secondo il decreto istitutivo, l'organico previsto era di una Legione MFA ordinaria ed una alpina, entrambe su tre coorti, ma già nel mese successivo questo fu riorganizzato su un Comando Gruppo Legioni e quattro legioni con dieci coorti totali. Dopo l'entrata in guerra dell'Italia nel 1940, le quattro legioni mobilitarono in tutto 14 battaglioni CC.NN. albanesi da aggregare alle divisioni del Regio Esercito.
Con il R.D.L. del 18 settembre 1939-XVIII, la Milizia Fascista Albanese venne così strutturata: 4 Legioni M.V.S.N., 10 Coorti permanenti. Comando di Gruppo Legioni, sede a Tirana:

1° Legione, sede: Tirana.
2° Legione, sede: Corcia.
3° Legione, sede: Valona.
4° Legione, sede: Scutari.

Coorti permanenti: Tirana, Corcia, Scutari, Valona, Durazzo, Elbassan, Cuchet, Berat, Piscopea, Argirocastro.

All'atto pratico, la Milizia albanese dette una pessima prova di sé in combattimento contro i greci nell'autunno del 1940, cui partecipò con la 1 e la 2 Legione,spesso fuggendo dopo aver ucciso gli ufficiali italiani, tanto che i reparti albanesi dovettero venir ritirati dalla prima linea; tuttavia non mancarono esempi di valore, come quello del centuriore del I battaglione CC. NN. d'assalto albanesi Gjon Markaj Ferrk caduto da prode contro i greci il 15 novembre 1941, che venne decorato di Medaglia d'Oro al Valor Militare alla memoria con la seguente motivazione:

 Comandante di una compagnia camicie nere albanesi impegnata contro preponderanti forze nemiche, sosteneva accaniti combattimenti corpo a corpo. Ferito, restava al suo posto di combattimento, incitando i suoi uomini con la parola e con l'esempio. Nella lotta sanguinosa, affrontato da un fuoriuscito zoghista e da questi nuovamente ferito ed apostrofato con parole oltraggiose, trovava la forza per reagire, gridando tutto il suo orgoglio di indossare la camicia nera agli ordini del Duce. Contemporaneamente lanciava l'ultima bomba in suo possesso, uccidendo l'avversario. Raccolto morente, rifiutava qualunque soccorso, incitando ancora i dipendenti all'attacco. Le sue ultime parole furono:" sono contento di dare la mia vita per il Duce". Esempio purissimo di volontario e di combattente dell'Impero di Roma.

Ripitisti (Albania), 15 novembre 1940- XIX.

3.

LA 15A LEGIONE CC.NN. *LEONESSA* SUL FRONTE GRECO- ALBANESE

I due battaglioni che componevano Legione *Leonessa* avevano combattuto in Etiopia con la Divisione CC.NN. *28 Ottobre* ed avevano la meritata fama di essere fra i più valorosi della Milizia, essendosi distinti nel Tembien, a Passo Uarieu a sulla Uork Amba6.

I battaglioni erano il XIV di Bergamo ed il XV di Brescia. In Etiopia avevano costituito la 114ª Legione CC.NN. che altro non era se non la 14ª legione *Garibaldina* di Bergamo. Nella campagna di Grecia la numerazione spettò all'altra legione di mobilitazione, la 15ª *Leonessa* di Brescia, *madre* del XV battaglione d'assalto *Brescia* come la 14ª era la *madre* del gemello XIV battaglione *Bergamo*.

La Legione era completata dalla 15ª compagnia mitraglieri CC.NN., sempre mobilitata dalla Legione di Brescia. La Legione *Leonessa* era comandata dal Console Carlo Bozzi ed era inquadrata nella Divisione di fanteria *Lupi di Toscana* (77° e 78° reggimento fanteria e 30° reggimento artiglieria), con cui il XV battaglione CC.NN. *Brescia* aveva combattuto durante la breve campagna contro la Francia nel giugno 1940, e nella quale, per inciso,

Il primo gennaio 1941, trovò la Legione mobilitata e così dislocata: XIV battaglione CCNN d'Assalto *Bergamo* a Bergamo (comandante il Seniore Carlo Aliata), XV battaglione *Brescia* a Lonato (Seniore Rodolfo Cossandi), 153a compagnia mitraglieri CCNN a Brescia assieme al Comando di Legione.

I reparti continuarono, malgrado il maltempo caratterizzato da freddo, neve e pioggia, ad esercitarsi al combattimento.

L'ordine di partenza raggiunse la Legione il giorno 8 gennaio. La notte stessa venne effettuato il caricamento sui treni dei materiali, dei muli e degli automezzi. Nella giornata del 9 partirono anche i due battaglioni, il Comando Legione e la compagnia mitraglieri.

Così descrive la partenza per il fronte un ufficiale del XIV battaglione d'assalto Camicie Nere *Bergamo*7:

9 gennaio 1941 XIX.

Di buon mattino ci mettiamo al lavoro per completare l'affardellamento di tutto il materiale. La giornata è grigia e fredda. Alle ore 10 do' assicurazione al Comando di Battaglione che ogni cosa è in ordine ed a mezzogiorno tutti i Reparti si adunano all'Oratorio della Immacolata per poi di lì incolonnarci verso la stazione ferroviaria.

Il Prefetto ed il Federale ci porgono parole di saluto e di augurio, quindi il Battaglione

---

66P. Romeo di Colloredo Mels, *Passo Uarieu. Le Termopili delle Camicie Nere in Etiopia*, Genova 2008 id.,*I Pilastri del Romano Impero. Le Camicie Nere in Africa Orientale 1935- 1936*, Genova 2009.

inquadrato si incammina.

Le rappresentanze delle Organizzazioni fasciste e numerosa folla si assiepano lungo il percorso e sulle banchine ferroviarie; le Donne fasciste ci distribuiscono medagliette sacre e cibarie, mentre i reparti prendono posto sui carri ed alle 13,30, tra le acclamazioni e lo sventolio dei labari e dei fazzoletti, il treno si muove.

Il tempo è nebbioso e freddissimo. Oltrepassata Brescia, sono circa le 15, fiocchi di neve danzano nell'aria e vanno via via infittendo; ad Asola la bufera è al colmo. Il vento gelido insinua negli interstizi dei carri e delle vetture folate di fioccoli bianchi che poi si sciolgono sulle pareti e sul pavimento. Dopo Bologna ritroviamo il sereno. La serata è limpida e fredda.

L'arrivo a Bari della Legione, che era passata per Orvieto, Roma, Gaeta, Villa Literno e Caserta, si completò nella giornata dell'11 gennaio. I reparti vennero accasermati nella Fiera del Levante.

Sono le cinque del mattino, le tenebre ancora fitte.

Una opaca nebbia ci circonda ed a tratti la pioggia tamburella sui vetri e gocciola all'interno, mentre un muggito profondo e costante, smorzato dalla distanza, rivela il mare: siamo a Bari.

Lungo la banchina di scalo contro il quale il treno si è fermato, sono accatastate balle di paglia e di fieno a guardia delle quali stanno dei soldati, i quali per ripararsi dalla pioggia hanno costruito qua e là ricoveri nelle cataste simili a caverne trogloditiche.

Alle nove inquadriamo i Reparti e ci avviamo all'uscita. Per viuzze strette e fangose, fiancheggiate da basse costruzioni e da orti, sbocchiamo sul Lungomare alla periferia della città.

Nella rada antistante il porto, numerose navi, contraddistinte da grossi numeri dipinti sui fianchi, sono alla fonda; primo segno del traffico navale militare.

Raggiungiamo la Fiera del Levante ed accantoniamo la truppa nel padiglione della moda dove già stanno sistemandosi il Battaglione *Brescia* e gli altri Reparti che con noi costituiscono la "15a Legione d'Assalto C.C.N.N. *La Leonessa*".

Qui la Legione ha la sua effettiva costituzione con la fusione dei Reparti. Vecchie conoscenze d'Africa e di Spagna si ritrovano e fraternizzano, temprandosi pei cimenti futuri ed imminenti.

La forza della 15a Legione CC.NN. d'Assalto *Leonessa* all'arrivo a Bari ed alla vigilia della partenza per l'Albania era la seguente:

Comando Legione	Uff. 10		
Plotone comando	Uff. 1	S. uff. 8	CC.NN. 84
XIV battaglione *Bergamo*	Uff. 18	S. uff. 29	CC.NN. 479
XV battaglione *Brescia*	Uff. 18	S. uff. 29	CC.NN. 479
15a compagnia mitr.	Uff. 5	S. uff. 9	CC.NN. 198
Totale	Uff. 52	S. uff. 75	CC.NN. 1.240

Alle 14 il Capo di Stato Maggiore della Milizia Achille Starace compì una visita inaspettata alla Legione, ispezionandone gli alloggi posti nella Fiera del Levante. Dopo essersi trattenuto con le Camicie Nere più di un ora, Starace, prima di allontanarsi, lasciò al comandante della 15a Legione una ingente (Cadè la definisce *vistosa*) somma in denaro, affinché fosse distribuita come premio tra i legionari che più ne avessero bisogno:

Sono le ore 14 quando il Capo di S.M. della Milizia S.E. Starace capita tra le Camicie Nere a visitarne gli alloggi
Dopo essersi trattenuto per circa un'ora tra i soldati e le Camicie Nere, parte lasciando al Comandante una vistosa somma di denaro da destinarsi in premio ai Legionari più meritevoli e bisognosi.

Nei giorni che precedettero l'imbarco i reparti continuarono nell'addestramento.
Il 15 gennaio si sparse improvvisa la notizia dell'arrivo del Duce, che compì un'inattesa ispezione.

Quando alle 10.30 circa rientriamo all'accantonamento il Console comandante la Legione ci avverte di tenere pronti i reparti perché è annunciato imminente l'arrivo del Duce.
Rapidamente si fa l'adunata ed ancora la Legione non è inquadrata che da un'auto appena fermatasi sul viale l'agile figura del Duce balza a terra e s'incammina verso di noi.
Con passo lento e solenne percorre il nostro schieramento, spesso soffermandosi per meglio guardarci.
Giunto al termine si rivolge al Console ed esclama: E' una bella legione.
Alla sera il console offre a tutti gli ufficiali un pranzo al ristorante Marcaurelio di Bari.

Il 23 gennaio, giorno previsto per l'imbarco per l'Albania, di prima mattina con una suggestiva cerimonia, il XIV battaglione effettuò la comunione collettiva nella cattedrale di S. Nicola.
Le Camicie Nere raggiunsero quindi il porto e si prepararono per l'imbarco, ma le condizioni del mare agitato fecero annullare la partenza, mentre dai ranghi si levava *un brusio di malcontento e di delusione*:

Il Cappellano della Legione, in previsione della partenza per il campo di battaglia, ha predisposto la celebrazione di una Sacra Funzione nella Basilica di San Nicola, alla quale ha invitato i Legionari che intendono confessarsi e comunicarsi. La maggior parte degli ufficiali e delle Camicie Nere vi partecipano.
Ultimata la funzione verso le ore 8 rientriamo all'accampamento ove ognuno si occupa all' [sic] affardellamento del proprio zaino.
a mezzogiorno il battaglione è pronto e inquadrato. Seduti sugli zaini i militi attendono con gioiosa impazienza l'ordine per muoversi e raggiungere il posto di combattimento.
Ma non si parte ancora: sono le 12 e tre quarti; un motociclista dalla Capitaneria del porto reca la comunicazione che, dato il catticvo stato del mare, la partenza è rinviata.
Un brusio di malcontento e di delusione si leva dai ranghi; si rompono le righe ed ognuno riprende il suo posto nell'accantonamento.
Anche la nave che aveva imbarcate le salmerie, dopo essere arrivata davanti al porto di Durazzo, sballottata dalle onde, non ha potuto entrarvi, e ha fatto ritorno a Bari. La maggior parte dei muli sono morti o ridotti in cattivo stato. I conducenti che li avevano accompagnati, raccolgono accanto a sé capannelli di militi, raccontando le peripezie burrascose del viaggio.

L'imbarco dell'intera legione, meno una compagnia del XV battaglione CC.NN. *Brescia* e la compagnia mitraglieri, avvenne finalmente il 24 gennaio sulla nave

Milano e venne completato poco dopo la mezzanotte. La navigazione si svolse tranquillamente ed i reparti sbarcarono a Durazzo a cominciare dalle ore 16 del 25 gennaio. Così l'ufficiale ricorda nel diario l'imbarco e la navigazione.

24 Gennaio.

Dopo aver passato la notte in alloggi di fortuna, al mattino per tempo ci raduniamo agli accantonamenti in attesa di ordini.
La quasi totalità delle Camicie Nere non ha sfatto lo zaino e quei pochi che hanno sciolto il rotolo delle coperte si affrettano a rifarlo per essere pronti ad ogni ordine.
Solo alle 17 corre la voce che si debba imbarcarsi per la mezzanotte.
Il Console Comandante della Legione è chiamato al porto e vi si reca accompagnato dall'Aiutante Maggiore in Seconda.
Noi attendiamo il suo ritorno per avere conferma dell'ordine ed intanto, nel giardinetto prospicente il padiglione "Albania" della Fiera, nel quale ha sede il Comando di Legione, raccolti in circolo ricapipitoliamo gli eventi dei giorni scorsi e facciamo previsioni e progetti per l'avvenire.
Dopo due ore di attesa il Centurione Raguseo, Aiutante Maggiore, ritorna confermando l'ordine: alle ore 21 dobbiamo essere pronti con i Reparti.
Con alcune automobili ci rechiamo al ristorante Marc'Aurelio per una rapida cena, dopo la quale, con vetture di piazza ritorniamo all'accantonamento, dove i militi al comando dei sottufficiali stanno già adunandosi.
Alle 21 precise la Legione si muove verso il porto. Il passo cadenzato dei Legionari risuona fiero sul lasticato del Lungomare; i pochi passanti si fermano a salutare, alcune finestre si aprono, mentre dai ranghi serrati si levano i canti guerrieri dell'Italia fascista.
Entriamo dalle cancellate e sfiliamo sulla banchina buia a fianco della quale le navi elevano le loro massicce sagome con le alberature e le alte sovrastrutture stagliantesi contro il cielo stellato.
Raggiungiamo il piroscafo "Milano" sul quale rapidamente ci imbarchiamo.
A mezzanotte tutti sono a bordo e la nave silenziosa lentamente si stacca dalla riva, la prua rivolta verso l'alto mare.

25 Gennaio.

Un'alba sul mare è uno spettacolo insuperabile.
La bruma mattutina si incrina di una chiara sottile linea all'orizzonte, via via allargantesi. la massa nera dell'acqua a poco a poco acquista lucidità e trasparenza e le onde leggere increspantesi si orlano di violaceo.
(…)
A nord- est da noi naviga una grigia unità da guerra della nostra Marina che protegge la nostra rotta. Sul ponte di poppa di tale nave, appesi ad un filo teso orizzontalmente, sventolano al sole ed alla brezza gli indumenti dei marinai posti ad asciugare.
A sud una torpediniera compie rapide evoluzioni esplorative sul mare. Nel cielo volteggiano due aereoplani: tanta scolta ci dà un senso di sicurezza.
La navigazione è magnifica.

Infine l'arrivo in Albania:

Alle 11 e mezzo ci raccogliamo nella sala da pranzo per la colazione e poco dopo il tocco la nave si ferma all'imbocco del porto di Durazzo.
Nel bel pomeriggio invernale il panorama si presenta incantevole.
La città, adagiata tra verdi colline, è sormontata dal turrito castello; sulla strada costiera

a nord ed a sud dell'abitato traffico di automezzi.

Il porto, circoscritto da due lunghi moli, è affollato da naviglio di ogni genere; all'imbocco giace un vapore da carico semiaffondato.

Un grosso rimorchiatore ci si avvicina e lentamente ci traina in porto.

accostiamo una grossa nave attraverso la quale sbarchiamo.

Dopo esserci inquadrati sul piazzale, per reparto in fila ci avviamo all'uscita. La Federazione dei Fasci Italiani d'Albania ha organizzato un posto di ristoro al quale ci vien distribuito panettone e sigarette.

La 3ª compagnia del XV ed i mitraglieri si imbarcarono il 25 ed arrivarono a Durazzo il 26. Dapprima la 15a legione raggiunse a piedi Kavaja, località a 25 km da Durazzo, poi, autocarrata, si trasferì a Berati dove si accampò il 27, restando alle dipendenze della divisione *Lupi di Toscana,* comandata dal generale Reisoli Mathieu; si trasferì quindi a Karbunara.

Nella notte dal 30 al 31 gennaio giunse l'ordine che la legione si preparasse a partire per la prima linea alle 8 del 31. La 15ª legione fu trasportata a Murisít dove passò alle dipendenze della divisone *Siena*; appena giunta a Murisit la legione venne fatta proseguire per altri 18 chilometri fino a Ciaf e Ciciocut dove si accamparono il comando Legione, la 15ª compagnia mitraglieri ed il XIV battaglione, mentre il XV battaglione proseguì per Arze di Sotto e si istallò nel caposaldo a quota 1.080, prendendo contatto con la 136ª Legione CC.NN. *Tre Monti* che presidiava quota 1.054 di Arze di Mezzo e con i reparti che difendevano Arze di Sopra.

Imperversava il maltempo; vento, neve e pioggia, con il tremendo fango albanese, tormentavano i legionari.

Il 2 febbraio alle 18, per ordine della Divisione *Siena* il XIV battaglione CC.NN. dovette trasferirsi da Ciaf e Ciciocut a Scialesit, e mettersi agli ordini della divisione *Pinerolo*, alle dipendenze della quale passò l'intera Legione.

Il comandante della *Pinerolo*, generale De Stefanis, alle 18 impartì verbalmente l'ordine che il comando legione, la compagnia mitraglieri e il XV battaglione CC.NN. raggiungessero urgentemente Bregu Scialesit, dove il XIV battaglione stava già opponendo tenace resistenza agli attacchi del nemico. Alle 19 il XV battaglione e la 15a compagnia mitraglieri lasciarono Ciaf e Ciciocut diretti in linea e guidati da due soldati del 14° fanteria; la marcia fu opprimente sotto una pioggia torrenziale e con vento freddissimo.

La pioggia continua implacabile. Avanzi di siepe affiorano qua e la e le spine dei rovi si impigliano nei cappotti e nei pantaloni provocandovi lacerature ed aggiungendo nuove difficoltà al già penoso cammino.

Il fondovalle è percorso da un torrente che scorre impetuoso ingrossato dalla continua pioggia.

Lo passiamo a guado per inerpicarci sulla costa erbosa opposta, dove il terreno presenta maggiori possibilità di appiglio.

Sostiamo per circa mezz'ora per riprendere fiato. Il vento ci sferza intorno mulinelli di pioggia che ci acciecano e ci mozzano il respiro.

La mulattiera era un torrente di fango vischioso e scivoloso, mantenersi in piedi era quanto mai arduo. Nel buio le guide smarrirono la strada e di conseguenza fino al mattino tutta la truppa rimase impantanata; nell'impossibilità di riposare nel fango gli uomini dovettero rimanere tutta la notte in piedi carichi delle armi e delle munizioni. Tanto più, grande fu la fatica giacché le Camicie Nere per aumentare la disponibilità di bombe ne avevano prelevate molte in più lasciando volontariamente i viveri di riserva. Malgrado tutto, in queste condizioni, al mattino del 4 alcuni reparti del XIV battaglione CC.NN. vennero già impiegati a quota 800.

E'ancora notte alta quando il nemico comincia a sparare con mitragliatrici e mortai. La nostra artiglieria risponde vivacemente.
Le tenebre notturne sono continuamente squarciate dai lampi dei colpi e delle esplosioni. I proiettili sibilano sinistramente e le scheggie volano ovunque con ululati paurosi.
La battaglia è in pieno: scariche di fucileria e mitragliatrici crepitano appena sopra di noi.
Raduniamo i Reparti a ridosso di un riparo di roccie in pieno assetto di combattimento; il comandante Aliata ci raduna a rapporto e ci ordina di tenerci pronti a intervenire nella battaglia: il nemico ha attaccato in forze tentando lo sfondamento delle nostre linee.
il 13° Fanteria si batte strenuamente, ma deve retrocedere sotto l'impeto nemico, e sgombra combattendo le posizioni delle quote 800 e 802 nonché la selletta tra le due quote.
Il nostro Battaglione entra in azione.
La prima Compagnia sale a rinforzare le difese di quota 800, sotto la quale trovasi il Comando di Reggimento.

In quell'azione, alle 13 rimase ucciso il comandante la 1ª compagnia, Centurione Felice Ravasio, abbattuto da una raffica di mitragliatrice.
Dopo reiterati contrattacchi, le Camicie Nere bergamasche resistettero e mantennero le posizioni, sistemandovisi a difesa.
Alle 10 la 2ª compagnia venne inviata in rinforzo a quota 802, ma non vi arrivò perché la quota era già stata occupata dal nemico, cosa ignorata dal comando di settore che aveva impartito l'ordine di attaccare. La compagnia si sistemò a difesa di quota 725 mentre cadeva colpito a morte il Centurione Vincenzo Gavazzani di Bergamo, ferito da bomba di mortaio; i greci vennero fermati e respinti.

Verso le dieci viene chiamata in linea la 2a Compagnia, la mia, che deve portarsi a quota 802. Con le armi alla mano ci incamminiamo costeggiando la boscaglia per poi buttarci di corsa, sotto il grandinare dei colpi, attraverso il terreno scoperto per raggiungere il costone opposto sopra il quale infuria il combattimento.
Una fila ininterrotta di feriti scende. chi meno grave cammina da solo, altri accompagnati e sorretti dai compagni ed altri ancora giac[c]iono sulle barelle dei portaferiti. Sotto un'alta ripa stanno accosciati alcuni conducenti che hanno impastoiato i loro muli poco distante al coperto.
Una salva di mortai centra in pieno il gruppo di quadrupedi e ne fa strage. Vento e pioggia hanno l'aspetto di bufere, vi è tutt'attorno aria di tregenda: tutti gli elementi ci sono scatenati contro.
Serriamo sotto un muretto a secco per riordinarci e per attendere ulteriori ordini.
Sopra ed attorno a noi la battaglia ed il maltempo imperversano con furia inaudita.
Poco dopo sopraggiunge il Comandante Aliata con un sottotenente che mi deve servire da guida. IlConsole nell'accomiatarmi mi grida dietro: In gamba! al che io rispondo: Non dubitate!
Ho centoventidue uomini e tre ufficiali con me: tutti in gamba. In testa alla fila che si snoda nel breve sentiero, m'incammino su incontro al nemico.
Un rabbioso sibilo ed uno schianto lacerante ci fa curvare la testa: una bomba da mortaio nemica è caduta e scoppiata a meno di cinquanta metri avanti a noi sul sentiero, una

folata acre di fumo nero c'investe; nessuno è colpito.

Il nemico già ci prende di mira.

rapidamente ed a gruppi attraversiamo il tratto di terreno scoperto e ci buttiamo nel bosco. Nugoli di pallottole tempestano la chioma degli alberi, facendoci cadere addosso i ramoscelli troncati. Continuiamo a procedere prendendo formazione di combattimento.

Gruppi sbandati di soldati scendono giù dal bosco e s'appiattano dietro i cespugli.

Da sopra, tra il frastuono dei colpi, si odono le grida degli ufficiali che incitano i propri soldati a resistere, i lamenti dei feriti e le grida dei combattenti.

Raggiungiamo la cresta del costone prospiciente quota 802, che già è in mano del nemico, che questi in grosse formazioni sta per investire per debellare i pochi gruppi di superstiti del 3° battaglione del 13° Fanteria comandato dal Maggiore Schiavoni.

Il Battaglione ha combattuto con valore estremo dal mattino, ha conteso palmo a palmo il terreno al nemico, ne fanno testimonianza le file compatte dei morti che ancora stringono tra le mani rattrappite le impugnature delle armi, e che il nemico sta scavalcando baldanzosamente per precipitarsi avanti.

Il Maggiore, attorniato da alcuni ufficiali, al riparo di una roccia, dirige il combattimento. Il nostro sopraggiungere infonde nuovo ardore ai fanti, che ci accolgono al grido di Viva l'Italia. Il nemico che pure ci ha scorto intensifica il fuoco e raffiche rabbiose di proiettili ci investono. Due pallottole moi ronzano a breve distanza e si conficcano nel terreno.

Rapidamente faccio schierare il Plotone del capo Manipolo Rosella sul ciglio boscoso del costone; segue immediatamente il plotone del capo manipolo Donede che rincalza e scavalca i pochi gruppi di fanti al centro, e, verso sinistra il plotone comando della Compagnia comandato dal Capo Manipolo Salvi. La Compagnia fa fronte alle masse avanzanti nemiche e tutte le nostre armi cantano la loro sinfonia saettante strage e morte.

Il nemico si arresta appiattandosi al suolo. Per gruppi sposto il plotone di Rosella a sinistra dove una biforcazione del vallone lascia aperto un varco insidioso.

I reparti nemici tentano un nuovo sbalzo; sulla linea appena costituita si accende la zuffa, ma questa resiste contenendo e ributtando l'urto violento. I nemici respinti si rintanano nei cespugli dietro le loro armi ivi piazzate e rispondono al nostro fuoco.

I miei mitraglieri sono pronti con le armi puntate; i gruppi fucilieri sono ben appostati con il moschetto pronto e le bombe a mano a portata, percorro l'intero schieramento e mi assicuro del perfetto funzionamento di ogni arma e di ogni reparto: tutti sono al proprio posto.

Col calare della sera la nebbia si abbassa, la visibilità è ridottissima; il nemico tenta lo scatto, le armi scrosciano; alcuni nuclei giunti a breve distanza sono ricacciati a bombe a mano.

Le armi automatiche nemiche rovesciano su di noi nembi di pallottole, la Compagnia deve lamentare due morti e decine di feriti. faccio sgombrare i feriti avviandoli al posto di medicazione e, sotto l'imperversare del mitragliamento nemico, rettifico lo schieramento abbandonando un tratto del costone occupato perché troppo scoperto, tenendolo tuttavia sotto il controllo delle nostre armi affinché il nemico non vi possa giungere.

In quel momento la nostra artiglieria inizia un breve bombardamento delle posizioni nemiche. Alcuni colpi ben aggiustati piovono sui reparti nemici che si ritirano in alquanto disordine.

A poco a poco i colpi diradano i colpi diradano ed una relativa calma si stabilisce sul settore.

La pioggia continua a cadere ed il vento geme ed ulula sinistramente nei boschi.

Un flebile lamento sale invocando aiuto. E' un fante nostro ferito che è rimasto avanti le nostre posizioni. Mando due militi che strisciando carponi lo possano avvicinare e trasportare entro la nostra linea. E' ormai in fin di vita per dissanguamento e non vale la pena di trasportarlo fino al posto di medicazione troppo distante.

Lo adagiamo su un telo da tenda dove poco dopo spira.

Alle 19,30 la 3ᵃ compagnia, comandata dall'Aiutante Maggiore in 2ᵃ del battaglione, veniva lanciata alla riconquista di quota 802, ma per mancanza di notizie esatte sulla situazione e per le menomatissime condizioni degli uomini, l'azione fallì, e all'alba successiva la 3ᵃ compagnia si spostava su quota 800 a rinforzo della compagnia ridotta a pochi uomini per le perdite subite. Erano stati feriti anche il comandante del battaglione, Primo Seniore Aliata ed il Capomanipolo Comolli.

Le perdite della giornata furono:

caduti: 9 di cui 2 ufficiali;
feriti: 23 di cui 3 ufficiali.

Il XV battaglione CC.NN. *Brescia*, inviato di rinforzo la sera stessa perse la strada sotto una violentissima pioggia che impediva qualsiasi orientamento, e raggiunse la linea solo il mattino del 5 febbraio venendo anch'esso immediatamente impiegato in combattimento. Gli assalti greci continuarono anche i giorni seguenti venendo però sempre respinti dalle Camicie Nere; un contrattacco italiano effettuato il 7 febbraio fallì e furono gravemente feriti i Centurioni Giovanni Cadè, comandante la 2ᵃ compagnia, che ricevette per questo la Medaglia d'Argento al Valor Militare, e Giuseppe Pesenti Gritti, Aiutante Maggiore in seconda, che aveva assunto il comando del battaglione dopo il ferimento mortale del Comandante, e che venne decorato di Medaglia d'Oro alla memoria.

Aiutante maggiore in 2a, in un momento particolarmente difficile del combattimento, essendo stato ferito il comandante del battaglione e caduti, dopo aspra e cruenta lotta, due comandanti di compagnia, assumeva il comando dei reparti duramente provati, dislocati su importante e delicata posizione del fronte. Calmo, sereno, audace, con fede e sprezzo del pericolo, durante sei giorni di furiosi attacchi del nemico con forze e mezzi preponderanti, resisteva ad oltranza, contrattaccando l'avversario. Colpito da congelamento, rifiutava di essere ricoverato in ospedale per non lasciare il comando del battaglione aspramente impegnato. Facendosi trasportare a braccia, durante i contrattacchi, dove più ferveva la lotta per rincuorare alla resistenza, assicurava col suo eroico valore e con personale azione di comando, il possesso della tanto contesa e delicata posizione.

Così descrive l'ufficiale anonimo descrive l'azione di Bregu Scialesit ed il proprio ferimento nel suo diario, in pagine di straordinaria vividezza:

L'ora dell'attacco si avvicina ed i reparti si adunano e si preparano.
Alle 9 e dieci i primi colpi dell'artiglieria cominciano a sibilare sopra le nostre teste. Disgraziatamente due di questi cadono fra di noi ed una ventina di uomini del 104° Battaglione e tre della mia compagnia vengono messi fuori combattimento tra morti e feriti.
Alle 9 e venticinque il Comandante del Battaglione dà il segnale ed alla testa dei suoi uomini scatta all'attacco. Un intensissimo fuoco di fucileria e mitragliatrici li accoglie. La battaglia si impegna subito accanita.
A gruppi scendono i feriti ad affollare il posto di medicazione dove due medici ed alcuni

infermieri si affannano a fasciare ed a tamponare emorragie. Anche il Comandante del Battaglione vi è recato poco dopo su una barella, colpito gravemente ad una coscia.
 Medicato sommariamente, viene urgentemente inoltrato al successivo posto, ma vi giunge cadavere.
La reazione nemica è intensa al punto che dopo circa un'ora l'artiglieria riprende il fuoco per aprire la via alle Camicie Nere attaccanti.
Intanto che questo avviene, io ho adunato la mia compagnia dietro un roccione e poco distante analoga adunata ha fatto il capitano Brandi dei suoi uomini.
Con brevi parole ho spiegato l'azione che dobbiamo compiere ed i compiti di ognuno, dopo di che ci avviamo in fila per il sentiero che, attraverso il bosco, raggiunge il fondo valle dal quale intraprenderemo la salita verso il nemico.
Mi seguono settantanove uomini tra Camicie Nere, graduati e sottufficiali ed un ufficiale, il capomanipolo Salvi.
Più avanti marciano i reparti di rincalzo che poi, dietro una piega del terreno si fermeranno per lasciarci passare all'attacco e seguirci.
La compagnia è suddivisa in tre plotoni comandati: il plotone Comando dal capomanipolo Salvi, il primo plotone dal 1° caposquadra Beretta e il secondo plotone dal vicecaposquadra Gerda.
Risalendo il corso di un impetuoso torrente che, fra alti scoscendimenti, scende dalla sella del monte, ed aggrappandoci ai folti arbusti che ne rivestono le rive, saliamo per l'attacco.
Lungo il greto del corso d'acqua possiamo rifornirci abbondantemente di munizioni e di bombe a mano ivi sparse in gran copia.
E' circa mezzogiorno; dalla sinistra ci giungono i clamori dell'aspro combattimento impegnato dalle Camicie Nere del 104° sui fianchi e sulla sommità di quota 802 dove il nemico, abbarbicato in posizioni dominanti e ben sistemate a difesa, oppone una accanita e disperata resistenza.
Pervenuti su un ripiano erboso immediatamente sotto le posizioni nemiche dalla vista delle quali tuttavia siamo ancora nascosti da una pronunciata piega del terreno, faccio sostare i miei reparti per riordinarli e riprendere lena: il nemico non ci ha ancora avvistati.
Schierati gli uomini in ordine di battaglia e fissati gli obbiettivi ai singoli comandanti di plotone, superiamo l'ultimo tratto di salita e raggiungiamo la posizione nemica.
Il nemico che fino a questo momento non aveva dato segno di accorgersi del nostro avvicinrsi, si rivela, ed una mitragliatrice appostata sulla nostra sinistra sgrana contro di noi i suoi colpi ed una ventata passa alta sulle nostre teste mentre gruppi di armati balzano fuori dai ricoveri in caverna e prendono posizione fronte a noi.
Faccio spostare a sinistra due mitragliatrici e do' incarico al capomanipolo Salvi di impegnare con il suo plotone il nucleo nemico minacciante, mentre con il resto della compagnia mi lancio decisamente all'attacco delle difese nemiche di fronte.
A colpi di moschetto, di raffiche di mitragliatrici, a bombe a mano, si accende furibondo il combattimento.
Le mitragliatrici nemiche disegnano contro di noi un fitto reticolato di colpi attraverso i quali è impossibile passare. Trincerati dietro un rialzo di terreno, noi rispondiamo con il fuoco di tutte le nostre armi e con un nutrito lancio di bombe a mano, tentando di aprirci un varco in avanti.
A poco a poco il 2° plotone, schierato a destra, viene a contatto con i reparti nemici, impegnando corpo a corpo con bombe a mano e baionetta.
Il nemico retrocede alquanto, ma nuovi rinforzi gli affluiscono dall'indietro, mentre i rincalzi del capitano Brandi che avrebbero dovuto salire a rinforzare la destra del mio schieramento, non riescono a raggiungere e si sbandano.
Parecchi dei miei uomini, tra i quali il capomanipolo Salvi, sono fuori combattimento, morti o feriti. Io nella zuffa ho ricevuta una bomba a mano nemica sull'elmetto. Questi mi ha protetto da più gravi conseguenze, ma una scheggia mi ha ferito sopra l'orecchio sinistro

ed il sangue mi scorre caldo lungo la guancia. Un grosso reparto nemico, giusto sotto un crepaccio, sbuca improvvisamente, da destra, alle nostre spalle, e ci assale gettando alte urla. La nostra situazione è critica.

Con un furibondo assalto alla baionetta e con bombe a mano, condotto dal I° plotone, riusciamo a guadagnare una breve scarpata, dalla quale, con due mitragliatrici, spariamo sui nemici che in massa serrata investono l'ala destra della compagnia.

Il 2° plotone duramente impegnato può così retrocedere alquanto.

La resistenza è oramai inutile; combattiamo in proporzione di uno contro dieci, le mitragliatrici greche, piazzate in posizioni dominanti ci tempestano di colpi micidiali ed inoltre dalla quota 802 che il nemico ha rioccupato siamo minacciati nella via della ritirata.

Un folto gruppo di nemici guidato da un ufficiale ci serra da vicino. Mi avvento, alla testa di un gruppo delle mie Camicie Nere lungo la scarpata per impedire al nemico di chiuderci in un cerchio. Strappo di mano il moschetto ad un milite che, raggomitolato sotto lo sterrato, non riesce a farlo funzionare, e sparo i pochi colpi che ancora sono nel serbatoio.

L'ufficiale nemico cade a terra, probabilmente colpito e, mentre io, seguito dai miei sto per proseguire lanciando bombe a mano, rialzandosi sui gomiti, spara con un fucile contro di me. Sono investito dall'ardente vampata che mi rintrona nelle orecchie e la pallottola mi si conficca nell'anca, uscendo dalla natica destra.

La violenza del colpo è tale che, sollevato da terra, compio un giro di rotazione su me stesso e poi cado scivolando in fondo alla scarpata tra le fila dei nemici.

La Camicia Nera Rota Mario che mi seguiva a breve distanza, vistomi cadere, si precipita avanti, curvandosi a terra per afferrarmi, ma in quell'istante, probabilmente il medesimo tiratore, lo fulmina con un colpo alla testa.

Sprofondo a metà in una pozzanghera di fango. Un acutissimo dolore all'inguine mi impedisce ogni movimento; ho la sensazione precisa che la gamba destra mi sia stata strappata dal corpo.

Attorno a me una ridda vorticosa di nemici scalpiccianti ed urlanti che salgono la breve scarpata e di sopra sparano all'impazzata.

Distinguo i colpi delle nostre armi che rispondono alle scariche nemiche da sempre più lontano, e da ciò posso dedurre la ritirata dei pochi superstiti. Tali risposte si affievoliscono sempre più; qualche pallottola picchietta sul terreno attorno a me, finché tacciono tutti. Anche i colpi nemici diradano e poi cessano: tutto è finito.

I nemici si aggirano per il campo di battaglia; passano e ripassano attorno a me, dal disotto l'elmetto, che mi è scivolato sulla faccia, vedo i piedi calzati dalle grosse scarpe scalpicciare vicino diguazzanti nella broda le cui goccie mi schizzano addosso. Nella mano destra piegata sotto il corpo stringo convulsamente la pistola ben deciso a difendermi, ed intanto sto immobile il più possibile trattenendo il fiato e reprimendo il tremore delle membra intirizzite dal freddo, mordendo le labbra per soffocare i gemiti che salgono alla gola spintivi dal dolore della ferita.

Nel tragico silenzio un gemito sale dal basso; è un ferito nostro che invoca aiuto.

Alcuni greci lo odono: li vedo fermarsi, poi salire sopra il terrapieno a scrutare e poi puntare il fucile e sparare.

Per alleggerire la situazione delle Camicie Nere della *Leonessa* venne impiegata la 105ª Legione *B. Morgioni* (Orvieto) in un attacco che però non ebbe il successo prefissatosi dai comandi italiani.

Alla 2ª compagnia del XIV battaglione *Bergamo*, rinforzata da reparti di formazione di fanti, venne ordinato di effettuare un attacco a quota 802; l'azione, mal coordinata, non riuscì.

Le compagnie 1ª e 3ª del XIV, comandate dall'Aiutante Maggiore in 2ª, ridotte ad un pugno di uomini per le perdite subite dal tiro nemico e da quello errato delle nostre artiglierie, continuavano però a resistere strenuamente.

Se finalmente l'8 febbraio fu una bella giornata, continuò però ad infuriare un vento gelido. La 2ª compagnia del XIV *Bergamo*, rimasta senza ufficiali e sensibilmente ridotta nella forza, dovette ripiegare sul comando di settore agli ordini di un caposquadra; venne però subito inviata a quota 800 in rinforzo alle altre due compagnie.

Nello stesso tempo venne ordinato alla 105ª Legione CC.NN. *Benito Morgioni* di attaccare quota 802, e, contemporaneamente, ad un piccolo reparto del XIV battaglione CC.NN. di attaccare a scopo diversivo quota 785. Ma gli attacchi fallirono.

Durante la notte, pattuglie greche, infastidirono in continuazione le posizioni delle Camicie Nerecon assalti ripetuti, ma vennero sempre respinte. La successiva mattina del 9 febbraio, alle 6,30, i greci - con ingenti forze attaccano frontalmente quota 800. Dopo quasi due ore di lotta accanita e un contrattacco sferrato sulla destra dello schieramento, l'avversario è definitivamente ributtato lasciando sul terreno un centinaio di morti, una mitragliatrice, armi varie e in nostra mano 4 prigionieri.

Finalmente il 10 la 3ª compagnia del XV battaglione Brescia ed un plotone della 15ª compagnia mitraglieri, sostituiscono in linea i resti del provatissimo XIV battaglione CC.NN.

L'11 febbraio, ancora una volta i greci - preceduti da violentissimo bombardamento - tornarono all'assalto di quota 800.

Gli accaniti attacchi durarono oltre due ore e la 3ª compagnia del XV CC.NN. oppose una resistenza disperata, appoggiata dai mitraglieri: assalti e contrassalti si succedettero incessantemente. Il nemico subì fortissime perdite e finalmente cedette, ritirandosi precipitosamente e lasciando nelle mani delle Camicie Nere varie armi automatiche e cinque prigionieri. Nella selvaggia mischia cadde colpito a morte il Centurione Francesco Manassero, comandante la 3ªcompagnia, guidando il suo reparto in un contrassalto. Venne proposto per la medaglia d'oro al V.M. alla memoria.

In considerazione dell'insistenza dei greci nell'intento di conquistare quota 800, alla 3ª compagnia del XV battaglione vennero inviati in ulteriore rinforzo un altro plotone mitraglieri ed il 2° plotone della 1ª compagnia del XV.

Finalmente tornò il bel tempo ed il sole; i legionari che avevano vissuto, come e quando potevano, con gallette e scatolette di carne, solo il 12 febbraio ebbero il conforto di un rancio caldo.

Anche il servizio sanitario poté essere riorganizzato, col tempo buono, che permise l'arrivo delle salmerie. Nei giorni precedenti i feriti leggeri dovevano percorrere a piedi sette chilometri per arrivare al posto di medicazione e quelli gravi, nell'impossibilità di essere trasportati, dovevano soccombere. Migliorò anche il servizio munizioni che durante le prime giornate di battaglia doveva essere effettuato a spalla: ora poté venire effettuato coi muli e con maggiore regolarità.

Ma i greci non restarono inattivi a lungo: alle 20,30 del 12, improvvisamente, su tutta la linea si scatenò un violento attacco.

Gli *evzones*, le truppe da montagna d'*elite* greche, cercarono di forzare le posizioni avanzando a plotoni affiancati, preceduti dal fuoco delle armi automatiche, annunciati dallo squillo delle trombe, al tradizionale grido di *Aera! Come il vento!*.

Si trattava delle stesse truppe che a novembre, al passo di Metsovo, usando le stesse tattiche, avevano sorpresa e sconfitta la *Julia* respingendola oltre il confine albanese.

Una colonna di *evzones* scese da quota 802 con in testa un gagliardetto bianco; cercò di avvolgere il lato sinistro di quota 800, ma la reazione delle Camicie Nere ebbe ragione dei greci su tutta la linea e gli *evzones* dovettero ripiegare lasciando sul terreno morti e feriti ed in mano dei legionari molte armi e lo stendardo bianco. Ma i greci credevano ancora di poter passare; la mattina dei 13 febbraio, dopo un intenso fuoco di mortai, attaccò nuovamente in forze quota 800. Il combattimento fu feroce, ma gli *evzones* ancora una volta dovettero volgere le spalle alle Camicie Nere e ripiegarono lasciando a terra morti e feriti, numerose armi e 5 prigionieri tra cui un ufficiale. Il comando del settore, in previsione di nuovi assalti, rinforzò ancora la posizione tanto contesa con altri due plotoni di Camicie Nere della 1ª compagnia. del XV battaglione

Alle 23,30 dello stesso giorno, mentre i fanti della Divisione *Cagliari* si apprestavano a dare finalmente il cambio alle Camicie Nere sfinite dopo tanti giorni di dura lotta, il nemico sferrò un ulteriore attacco; ma i legionari malgrado il momento critico e delicato del cambio, con prontezza di spirito e molto coraggio, riuscirono a contenere prima e poi ricacciare i greci poi, infliggendo agli *euzones* notevoli perdite. Dopo questa ultima azione le Camicie Nere lasciarono la difesa di quota 800 ai fanti della *Cagliari*; quota che mai avevano perduta.

I reparti Camicie Nere arretrarono su quota 727 e si accamparono sempre sottoposti ai tiri nemici.

Il XIV battaglione d'assalto CC.NN. di Bergamo venne citato sul bollettino delle FF.AA. n. 248, del 10 febbraio 1941:

Sul fronte greco, i nazioni di carattere locale, il nemico ha subito sensibili perdite. Negli ultimi combattimenti si è particolarmente distinto il XIV Battaglione CC.NN. della Legione Leonessa...

Il 14 febbraio le Camicie Nere si dedicarono al rafforzamento delle posizioni loro affidate mentre sale al comando settore anche la 2ª compagnia del XV battaglione

Alle 19 il nemico attacca la selletta di quota 802. Dopo alcune ore vennero ridotto al silenzio da un nutrito fuoco di mitragliatrici e mortai.

Tra il 15 ed il 16 giunsero da ogni parte d'Italia telegrammi di elogio per la 15a Legione: particolarmente significativo quello del presidente del Senato Federzoni. Nei giorni che seguono i legionari continuano i lavori di rafforzamento delle posizioni mentre riprende ad infuriare il maltempo.

Solo il 21 dal Comando Divisione *Cagliari* arriva l'ordine che la legione rientri, per riposo e per il riordinamento, alla sua base di Karbunara. Alle 17 la Legione comincia ad incolonnarsi e marcia per sette ore sotto la pioggia e nel fango. È rientrata così alle dipendenze della sua Divisione originaria, la *Lupi di Toscana* il cui comandante passerà in rassegna la 15ª il giorno 24 ed esprimerà il suo elogio e la fierezza di averla ai suoi ordini.

Le perdite totali subite dalla Legione *Leonessa* dallo sbarco al 25 febbraio 1941 furono:

Caduti 45 di cui 4 ufficiali.
Feriti 150 di cui 11 ufficiali.
Ospedalizzati 137 di cui 1 ufficiale.
Dispersi 7 di cui nessun ufficiale.

Dei rimanenti 1.023 uomini in totale presenti ai reparti, 120 sono malati negli accampamenti per febbri reumatiche o principi di congelamento.
Col 1° marzo tutta la 15ª Legione riprende l'addestramento al combattimento sfruttando l'esperienza avuta sui metodi di attacco e di difesa del nemico. Il trasferimento a Mavrova, per il riordinamento e l'assestamento della truppa e per il rifornimento dei materiali e delle divise, si effettuava tra il 2 ed il 5 marzo. Il 6 marzo la Legione si schiera sulla strada per rendere gli onori a Mussolini; questi si ferma e la passa in rassegna. È presente anche il Primo Seniore Aliata, più volte ferito a Scialesit, essendosi rifiutato di rimpatriare e di lasciare il suo XIV battaglione
Nelle giornate successive continuava il riordinamento dei reparti e l'assestamento del campo. Il 13 veniva fatta la distribuzione alla Camicie Nere dei materiali richiesti ed arrivati.
Il 16 veniva ordinato il trasferimento della Legione a Bescisti di sotto.
Alle 18,30 la colonna legionale arrivava a Ponte di Turano, dove scendeva dagli automezzi e riprendeva subito il movimento a piedi, dovendo la marcia svolgersi di notte perché la mulattiera era battuta dal fuoco nemico. Durante la marcia veniva modificato l'ordine: accamparsi a Bescisti di sopra anziché a Bescisti di sotto.
Durante la notte a causa di un attacco nemico sullo Scindeli l'accampamento veniva raggiunto da proiettili e da schegge che causavano qualche ferito.
Per ordine della divisione *Lupi di Toscana* alle 20 del 20 marzo il XV battaglione si trasferiva in linea nel punto di congiunzione tra il 78° Fanteria e la divisione alpina *Julia*, come massa di manovra. Il giorno 22 la Legione era raggiunta dal battaglione complementi con 11 ufficiali, 17 sottufficiali e 264 Camicie Nere, così che la forza della Legione ritornava al disopra degli organici con un totale di 62 ufficiali, 81 sottufficiali e 1.243 Camicie Nere che venivano così distribuiti:

Comando Legione	Uff. 10		
Plotone comando	Uff. 1	S. uff. 8	CC.NN. 84
XIV battaglione	Uff. 18	S. uff. 29	CC.NN. 479
XV battaglione	Uff. 18	S. uff. 29	CC.NN. 479
15a compagnia mitr.	Uff. 5	S. uff. 9	CC.NN. 198
Totale	Uff. 52	S. uff. 75	CC.NN. 1.240

Il 25 marzo la mulattiera tra l'accampamento della Legione e la dislocazione del XV battaglione era sottoposta al continuo tiro delle artiglierie avversarie.

Il 28 marzo, su ordine del comando della *Lupi di Toscana*, durante la notte, il XV battaglione CC.NN. *Brescia* con due plotoni mitraglieri entrava in linea in sostituzione dei bersaglieri del 2° reggimento, attestandosi a destra del II/78° fino ai roccioni di quota 162.

Il XIV battaglione CC.NN. *Bergamo*, rinforzato da un plotone mitraglieri, prendeva il posto del XV quale riserva divisionale. Nelle giornate successive furono effettuati lavori per costituire una seconda linea difensiva, mentre veniva sostituita in linea anche l'ultima compagnia di bersaglieri in modo che il 2° reggimento al completo restasse disponibile quale riserva di Corpo d'Armata. Sul fronte l'attività vide duelli delle opposte artiglierie.

Il 9 aprile il tempo peggiorò, e si intensificarono freddo, neve e pioggia. Dalle 6 del mattino del 14 aprile, per l'inizio della ripresa offensiva, incominciava un tiro violento dell'artiglieria italiana al quale quella greca rispondeva debolmente. Sulla linea i due battaglioni ed i mitraglieri erano pronti ad ogni evento.

Il 16 aprile venne disposto che il 78° fanteria e la 15ᵃ Legione si attestassero al più presto sulla linea quota 807 - quota 890 avendo il 77° già preso contatto col nemico a sud di Poliklani. Da questo momento la Legione, tutta riunita, avanzò con la sua divisione a marce forzate verso il confine greco, per impervie mulattiere e tra difficoltà di ogni genere, con sacrifici infiniti per la difficoltà dei rifornimenti e della distribuzione dei viveri; era impossibile far avere ai reparti il rancio caldo. Fino al 23 aprile proseguì la avanzata: alle 18 cessano le ostilità con la Grecia. Il 25 la *Leonessa* si schierò nella zona a Nord Ovest di Chani Delvinakion. Le perdite totali sofferte dalla Legione nella campagna furono:

Caduti 47 di cui 4 ufficiali;
Feriti 158 di cui 11 ufficiali;
Dispersi 8 di cui nessun ufficiale;
Ospedalizzati 177 di cui 1 ufficiale.

Il 4 maggio la Legione si trasferì a Kakavia (Borgo Tellini) in una prima tappa; la seconda tappa portò i reparti della *Leonessa* a Kalogorausi, a 22 km. di distanza, il 5 maggio. Seguirono altre marce da Maskovo a Palokastra (20 km.) e da Palokastra a Tepeleni (22 km.) sempre sotto la pioggia.

Il 21 maggio una rappresentanza di ufficiali e Camicie Nere della 15ᵃ Legione si recò in pellegrinaggio a Scialesit dove in febbraio la Legione si era coperta di gloria; visitò le linee greche, quota 800 dove malgrado i violenti assalti ellenici non venne mai ceduto ai greci un solo palmo di terreno.

Venne celebrata la messa per i Caduti.

A quota 802 vennero ritrovate le salme disperse di quattro Camicie Nere bergamasche del XIV battaglione, che vennero sepolte dai fanti della *Cagliari*.

Il 25 maggio arrivò alla Legione l'elogio del generale De Stefanis, comandante della divisione *Pinerolo*:

Camicie Nere della 15ᵃ Legione d'assalto! Nel momento in cui fate rientro alla vostra Divisione di appartenenza mi è gradito confermarvi la mia sincera ammirazione per l'opera da voi prestata alle dipendenze della Divisione "Pinerolo" nelle dure, indimenticabili giornate dello Scialesit. Gli eroi di quota 800, gli irresistibili

assaltatori di forze nemiche nettamente più numerose, hanno scritto dal 4 al 12 febbraio u.s. una fulgida pagina di valore; e come il loro nome fu associato a quello dei fanti del 13° in una stessa citazione sul bollettino delle FF.AA., così nel nostro cuore rimarrà comune il ricordo in una stessa misura di affetto e di riconoscenza.
A tutti voi il mio elogio; a tutti voi il fervido augurio di perenne fortuna e di gloria.

Generale De Stefanis.

Il 12 giugno la 15a Legione si trasferì da Tepeleni a Dukati: la prima tappa fu da Tepoleni a Sinanani, 26 chilometri; il giorno seguente, il 13 giugno, venne eseguita la seconda tappa di 22 chilometri da Sinanani a Plocia. Il 14 la Legione comì la terza tappa da Plocia a Bratai ed infine il 16 con un'ultima tappa da Brataí sino a Dukati.
Il 29 giugno rientrò alla Legione il Console Carlo Bozzi che era andato in licenza per la morte del padre. Comunicò alle truppe che, di *motu proprio* di S.M. il Re Imperatore, gli era stata concessa la croce dei SS. Maurizio e Lazzaro e che la doveva all'eroismo dimostrato dalle sue Camicie Nere nei vittoriosi combattimenti sullo Scialesit.
A proposito della 15ª Legione *Leonessa*, i consoli Lucas e deVecchi scrissero

Di aver notata una strana omissione sul libro del Gen. Papagos, comandante dell'esercito greco: mentre scrupolosamente nomina tutti i reparti, dell'esercito italiano e di CC.NN., scontratisi coi greci durante la campagna, inspiegabilmente ignora proprio la 15ª Legione che non cedette un palmo di terreno agli attacchi nemici.
Tacendo, forse cerca di nascondere che i due battaglioni della "Leonessa" hanno sempre nettamente battute le truppe greche che li hanno affrontati.

Al termine della campagna la 15ª Legione venne rinviata in Italia e i suoi battaglioni, dopo un periodo di riordinamento presso le sedi di mobilitazione, furono spostati prima nella zona di Salò, poi nella zona di Nicastro nel febbraio 1942, con compiti di battaglioni costieri; infine furono trasferiti a Roma, al campo speciale per la trasformazione in battaglioni "M".
A Roma, i battaglioni XIV e XV, insieme al XXXVIII (Asti) di Armi anticarro ed accompagnamento, costituirono il Gruppo Battaglioni CC.NN. "M" *Leonessa* destinato al II°Corpo d'Armata con il quale vennero impiegati sul fronte russo.
Ma questa è un'altra storia, di cui abbiamo già scritto altrove[8].
Vogliamo concludere citando le ultime righe del diario di un centurione della Leonessa:

Con commozione ricordo i Camerati gloriosi Ravasio, Gavazzeni e Vassalli, che consacrarono con la vita la la loro dedizione al dovere per la Patria, e i molti altri, Sottufficiali e Camicie Nere, che immolarono la loro fiorente giovinezza per il raggiungimento della Vittoria; penso con profonda simpatia ai Camerati rimasti in breccia ai quali anelo riunirmi

---

[8] P. Romeo di Colloredo, *Emme rossa! Le Camicie Nere in Russia 1941- 1943*, Genova 2008.

per compiere fino il fondo il Comandamento del Duce: *Vincere*!

CONCLUSIONI.

Il 23 aprile 1941 il Comando Supremo emise il bollettino di guerra straordinario n. 321:

23 aprile
L'Armata nemica dell'Epiro e della Macedonia ha deposto le armi. La capitolazione è stata presentata ieri sera alle ore 21.4 da una delegazione militare greca al Comandante dell'11a Armata italiana sul fronte dell'Epiro. Vengono ora stabilite nei particolari le modalità della resa, in completo accordo col Comando alleato tedesco.

La guerra contro la Grecia era finita.
In riconoscimento del suo contributo alla dura guerra sul fronte greco, nel reggimento di fanteria di formazione destinato a sfilare in parata ad Atene, insieme ad altri quattro battaglioni, uno del 3° Granatieri di Sardegna e d'Albania, uno ciascuno del 31° e del 47° Fanteria, uno del 4° bersaglieri ed a una rappresentanza della divisione alpina *Julia* figurava un battaglione di formazione di Camicie Nere costituito con elementi in rappresentanza di varie Legioni. Il reggimento così formato fu affidato al comando del Colonnello comandante del 31° Reggimento Fanteria.

Dal 28 ottobre 1940 all'aprile 1941 erano cadute 1.528 Camicie Nere; le Camicie Nere ferite furono 3.296.
Ciò significa che nel sei mesi della campagna d'Albania le Camicie Nere hanno avuto una altissima percentuale delle perdite fra caduti e feriti, cui vanno aggiunti dispersi e congelati. Queste cifre dovrebbero far riflettere sul contributo volontariamente dato alla Patria da questi uomini, che al di là delle loro idee politiche, dimostrarono di essere unicamente dei veri italiani e dei magnifici soldati, tra i migliori combattenti del fronte greco- albanese. Chi accusa il Fascismo di avere attaccato la Grecia dovrebbe ricordare come a pagare per primi col proprio sangue ed il proprio sacrificio furono proprio i fascisti. Infine, che bilancio si deve trarre da una campagna tanto mal condotta?
La decisione mussoliniana di attaccare la Grecia non era in sé né peregrina, né irragionevole: se l'operazione fosse stata ben preparata, essa avrebbe offerto la possibilità di migliorare di molto la posizione strategica italiana nel Mediterraneo orientale contro l'avversario principale: la Gran Bretagna. Si sarebbe creato un collegamento diretto fra le basi aeree e navali in Italia e quelle del Dodecanneso italiano, come in effetti avvenne nel 1941, e la posizione britannica in Egitto sarebbe stata seriamente minacciata.
Se la decisione di Mussolini di attaccare la Grecia era sbagliata sul piano morale, lo era anche quella britannica di invadere l'Iraq nel 1941.
La decisione di Mussolini di invadere la Grecia non può essere considerata come moralmente più biasimevole di quella sovietica di invadere la Finlandia, l'Estonia, la Lituania e la Lettonia, o di quella britannica di affondare la flotta francese ad

Orano ed a Marsa el Kebir- dove i britannici bombardarono le navi francesi massacrandone i marinai- o del colpo di stato britannico in Jugoslavia nel marzo 1941, che portò all'invasione italo-tedesca, all'occupazione, ad una ferocissima guerra civile e infine alla quarantennale brutale dittatura di Tito, o di quella britannica e sovietica di invadere, congiuntamente, la Persia neutrale; oppure, ancora, di quella americana di occupare l'Islanda e la Groenlandia danese? Sono tutte azioni perfettamente giustificabili sul piano strategico e militare: giacché, quando si fa la guerra, la si fa per vincerla e non per perderla; e ogni mezzo è considerato lecito per raggiungere il fine.

Non si comprende insomma perché, quando si parla dell'Italia bisogna usare verso di essa un criterio diverso da quello adoperato per qualunque altro Stato.

Se l'invasione britannica dell'Iraq e l'occupazione dell'Egitto, per non parlare della sanguinosa campagna d'aggressione contro la Siria francese, erano giustificate sul piano strategico e militare, allora lo fu indubbiamente anche il piano italiano di occupare la Grecia. E per quanto riguarda quelle britanniche, si trattò sul piano etico di azioni altrettanto discutibili quanto l'invasione italiana della Grecia; ed ancora peggiori, dato che a compierle non si trattava di una dittatura, per sua stessa natura meno vincolata alle regole ed alle convenzioni, ma di una *democrazia*.

L'unica colpa dell'invadere la Grecia fu che l'*Emergenza* G venne condotta maPer desiderio della famiglia il nome non verrà riportato.lissimo: nella stagione sbagliata e con forze insufficienti, inferiori a quelle avversarie in un teatro montano; per giunta, proprio quando una parte consistente delle Forze armate era stata appena smobilitata e dovette essere richiamata, precipitando i servizi logistici nel caos. E questa imperizia, sicuramente, suona come un atto di accusa contro gli uomini che idearono e condussero l'operazione, sia a livello politico che militare, a partire da Visconti Prasca ma non Cavallero, che riuscì a salvare il salvabile dimostrandosi uno dei migliori generali italiani del XX secolo.

Assaltatori.
(Cartolina edita dall'Ufficio Storico della M.V.S.N.)

LA 15A LEGIONE CC.NN. D'ASSALTO *LEONESSA* SUL FRONTE GRECO-ALBANESE: ALBUM FOTOGRAFICO

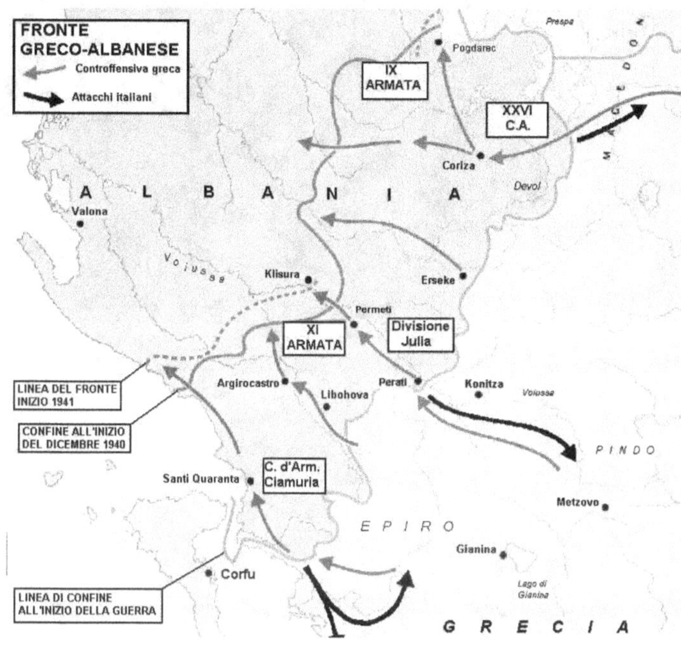

Il fronte greco albanese, ottobre 1940- aprile 1941.

9 gennaio 1941.
Il XIV battaglione CC.NN. d'Assalto *Bergamo* in partenza per il fronte.

25 Gennaio 1941: lo sbarco a Durazzo.

Gennaio 1941. Le Camicie Nere della *Leonessa* in marcia verso la prima linea.

Una Camicia Nera oltrepassa una rudimentale passerella su un torrente.

Un mitragliere con Breda mod.30.

le Camicie Nere in marcia sotto la pioggia con una bandiera tricolore.

Camicie Nere in marcia verso la prima linea, con cappotti e teli da tenda per proteggersi dalla pioggia dell'inverno albanese.

Esercitazione con bombe a mano nelle retrovie del fronte.

Una Camicia Nera in esercitazione nell'immediato retrofronte.

Camicia Nera in esercitazione con bombe a mano SRCM.
Sull'elmetto, il fregio con le due daghe incrociate sotto il fascio indica l'appartenenza ad una legione d'assalto, in questo caso la 15a *Leonessa*.

Camicie Nere in esercitazione.

Camicie Nere del XIV° battaglione *Bergamo* in esercitazione.

Camicie Nere in azione. Si noti la fiamma di combattimento.

Ancora Camicie Nere della *Leonessa* in esercitazione.

Camicie Nere in esercitazione. Si noti la cassetta con le canne di riserva per la mitragliatrice Breda m. 30 portata dal servente al centro.

Mitraglieri CC.NN. in azione durante l'addestramento.

Le Camicie Nere si esercitano nel lancio di granate.

Ambulanze nelle retrovie del fronte dello Scialesit.

Artiglieria Antiaerea a ridosso delle prime linee.

Automezzi Italiani in marcia presso Tepeleni.

Camicie Nere in prima linea presso Bregu Scialesit.

Un ufficiale della Milizia sul fronte greco.

Un ponte distrutto dall'artiglieria, inverno 1941.

Effetti di un bombardamento su un centro abitato.
Si notino le scritte in italiano.

Un FIAT *Dovunque* mod. 33 della 15ª Legione CC.NN. *Leonessa*.

La prima linea dopo un bombardamento d'artiglieria greco.

Stratiotai greci in marcia. La somiglianza tra le divise dei due eserciti portò a frequenti equivoci, anche perché i greci tendevano ad utilizzare il materiale italiano catturato, nettamente superiore a quello ellenico, a cominciare dalle calzature e dalle divise di lana grigioverde: gli elmetti, di fabbricazione italiana, in particolare, erano molto simili a quelli italiani mod.33.; due *stratiotai* indossano un elmetto *Adrian* francese ed uno britannico, distribuiti durante la campagna appunto per evitare confusioni con gli Italiani.

Evzones greci simulano un attacco alla baionetta.
Gli *Evzones* costituivano l'élite delle forze armate elleniche, truppe leggere particolarmente addestrate al combattimento in montagna.

Una Camicia Nera in prima linea, dietro un muretto a secco.
La natura rocciosa delle montagne albanesi rendeva difficile lo scavo di trincee,
spingendo italiani e greci a costruire muretti a secco con le pietre.

Febbraio 1941: le Camicie Nere hanno ormai assunto l'aspetto di veterani, sporchi dell'onnipresente fango dei monti d'Albania...

Una Camicia Nera della '*Leonessa* accende una sigaretta ad un fante. Si noti il distintivo della divisione 'Lupi di Toscana' cui la 15a era aggregata.

Il console Carlo Bozzi con gli ufficiali della 15a Legione *Leonessa*.

Il Console Carlo Bozzi, Comandante della 15a Legione. Si notino i fascetti rossi ed il nastrino rosso da squadrista sulle manopole.

Gli ufficiali della 15a Legione in attesa della messa al campo.

L'altare da campo.

L'attenti all'Elevazione..

La 15a Legione schierata per la messa al campo.

I veterani della *Leonessa*

Il "*saluto Al Duce*" con i pugnali.

I veterani della 15a legione *Leonessa* durante il "*Saluto al Duce*".
All'ordine di *"Camicie Nere! Saluto al Duce"* il pugnale veniva estratto e portato
dal braccio teso all'altezza dell'occhio destro.

l'"*A NOI*".
Dopo il "*saluto al Duce*" i militi rispondevano levando il pugnale in alto col braccio destro disteso gridando "*A noi!*"

I legionari inneggiano al Duce agitando i pugnali.

I Legionari con i pugnali.

Ancora una foto della medesima sequenza. Si può notare la differenza tra le divise di lana grigioverde dei militi e quella di diagonale grigia del capomanipolo in prima fila.

La preparazione del rancio.

Mitraglieri CC.NN. con Breda mod. 30.

Gli stessi mitraglieri fotografati da un'altra angolazione.

Mitraglieri della 15a Legione in prima linea.

La ritinteggiatura degli elmetti mod. 33.

Un milite della Milizia Stradale sul fronte greco- albanese.

Marzo 1941. il Duce sul fronte greco- albanese in vista dell'offensiva di primavera.

19 marzo 1941 XIX: Mussolini sul fronte greco.

Il Comandante Generale della Milizia, Achille Starace, a colloquio con un colonnello di Artiglieria sul fronte greco.

munizioni greche abbandonate 293

Munizioni greche abbandonate, Castoria, aprile 1941.

APPENDICI.

INNI DELLA M.V.S.N. SUL FRONTE GRECO.

LA LEONESSA
(inno della 15a Legione CC.NN. D'Assalto)

Al valor di Tito Speri
La Dea Vittoria sotto i ruderi si svegliò,
Dieci giorni ardì
Per conquistare la Libertà.
Breve fu la gran fiammata,
Più dolorosa l'ombra ti penetrò nel cuor,
Vittoria …

E rimanesti laggiù
Sotto la terra a sospirare il sol! …

Brescia, ritta in piè, t'aspettò, t'aspettò;
E alfin balzasti, fremendo, dal suol
Mostra a noi quel che scrivesti Tu,
Sul bronzo dello scudo raccolta in Te
"Duce Dux!"
Cosi se il giorno verrà,
- E verrà –
La Leonessa risplenderà,
La Leonessa che nessun domò
Duce, per Te si scaglierà!

INNO DEL RAGGRUPPAMENTO D'ASSALTO *GALBIATI* (1941)

Per voi ragazze belle della via,
che avete il volto della primavera,
per voi che siete tutta poesia
e sorridete alla Camicia Nera,
per voi noi canteremo le canzoni
di questi tre gloriosi battaglioni!

Ohé camerati
c'è il Gruppo di Galbiati,
lerai!
c'è il Gruppo di Galbiati,
a noi!

Precede il nostro Gruppo idealmente
La schiera dei suoi Morti nel Paradiso,
se son chiamati al grido di *Presente!*
Noi rispondiam guardandoci nel viso:
in terra d'Albania quegli eroi
sono caduti ma son qui con noi!

Ohé camerati
c'è il Gruppo di Galbiati,
lerai!
c'è il Gruppo di Galbiati,
a noi!

Raggruppamento quindi comandato
da un Generale che non manca mai,
ardito, combattente, decorato,
squadrista, vincitor di Marizai.
Al DUCE lo giuriamo, o camerati,
per comandante noi vogliam Galbiati!

Ohé camerati
c'è il Gruppo di Galbiati,
lerai!
c'è il Gruppo di Galbiati,
a noi!

E quando a Roma tu ci porterai,
innanzi al nostro DUCE vincitore,
a tutti gli italiani mostrerai
che vince sol chi Fede porta in cuore

chi crede sa combattere e ubbidire,
e per il DUCE è pronto anche a morire!

CANTATE DEL FRONTE GRECO ALBANESE.

Chilometro Ventuno Marizai,
i greci, noi del Gruppo di Galbiati,
li abbiam presi pel collo ed inchiodati
sul Trebescini a colpi di pugnal.
Chilometro Ventuno Marizai,
a colpi di pugnale e bombe a man.

DUCE! Per il DUCE e per l'Impero
eja, eja, alalà! Alalà! Alalà!

Avanti, legionari, in testa è Giani,
alpino tra gli alpini e bersaglieri,
il DUCE ci accompagna per sentieri
di gloria e morte non ci fermerà.
Avanti, alpini, fanti, in testa è Giani:
le reni a Giuda Roma spezzerà.

DUCE! Per il DUCE e per l'Impero
eja, eja, alalà! Alalà! Alalà!

All'armi, Centododici dell'Urbe,
legionari di Cesare e del DUCE,
portiamo la Vittoria che fa luce
sul mondo di giustizia e verità.
All'armi, Centododici dell'Urbe,
ci guarda il DUCE, Roma domerà.

DUCE! Per il DUCE e per l'Impero
eja, eja, alalà! Alalà! Alalà!

Fra tutte le legioni, la più bella
è questa con il volto dei Caduti;
erano ignoti ed ora son cresciuti,
la fronte al cielo, l'anima immortal.
Fra tutte le legioni è questa la più bella,
amore e morte, DUCE e volontà.

DUCE! Per il DUCE e per l'Impero
eja, eja, alalà! Alalà! Alalà!

DUCE che hai dato al popolo l'Impero,
coi morti lo riconquisteremo,

i connotati a Churchill guasteremo
e tutti i conti ci dovrà saldar.
DUCE che hai dato al popolo l'Impero,
vogliamo i nostri morti vendicar.

DUCE! Per il DUCE e per l'Impero
eja, eja, alalà! Alalà! Alalà!

REPARTI DELLA M.V.S.N.
IMPIEGATI NELLA CAMPAGNA DI GRECIA[9].

Comando Legione	Reparti	
	battaglione	Cp. mitraglieri
15ª Legione CC.NN. d'Assalto *Leonessa*	XIV Bergamo, XV Brescia	15ª Cp. mitragl.
18ª Legione CC.NN. d'Assalto	XIX Casalmaggiore, XXVII Lodi	367ª Cp. mitragl.
23ª Legione CC.NN. d'Assalto	XX Suzzara, XXIII Mantova	23ª Cp. mitragl.
24ª Legione CC.NN. d'Assalto *Carroccio*	XXIV Milano, XXV Monza	24ª Cp. mitragl.
26ª Legione CC.NN. d'Assalto	VII Pavia, LIII Padova	267ª Cp. mitragl.
28ª Legione CC.NN. d'Assalto	XI Casale Monferrato, XXVIII Vercelli	79ª Cp. mitragl.
30ª Legione CC.NN. d'Assalto	VI Vigevano, XXX Novara	30ª Cp. mitragl.
36ª Legione CC.NN. d'Assalto	XXXVI Genova, LXXXIII Piacenza	36ª Cp. mitragl.
45ª Legione CC.NN. d'Assalto	XXXV Spezia, XLV Bolzano	40ª Cp. mitragl.
49ª Legione CC.NN. d'Assalto	XL Verona, XLIX Venezia	49ª Cp. mitragl.
72ª Legione CC.NN. d'Assalto	LXXII Modena, CXI Pesaro	72ª Cp. mitragl.
80ª Legione CC.NN. d'Assalto	XXVI Legnano, LXVII Bologna	80ª Cp. mitragl.
82ª Legione CC.NN. d'Assalto	LXVIII Imola, LXXXII Forlì	82ª Cp. mitragl.
92ª Legione CC.NN. d'Assalto	XCII Firenze, XCV Firenze	95ª Cp. mitragl.

9Tratto da P. Romeo di Colloredo, *Camicia Nera! Storia militare della Milizia Volontaria per la Sicurezza nazionale dalle origini al 25 luglio*, Bergamo, 2017, p.135.

105ª Legione CC.NN. d'Assalto	CIV Terni, CV Orvieto	110ª Cp. mitragl.
108ª Legione CC.NN. d'Assalto	CII Perugia, CVIII Ancona	108ª Cp. mitragl.
109ª Legione CC.NN. d'Assalto	CIX Macerata, CXVI Rieti	109ª Cp. mitragl.
112ª Legione CC.NN. d'Assalto	CXII Roma, CXX Roma	112ª Cp. mitragl.
115ª Legione CC.NN. d'Assalto	CXV Viterbo, CXXI Littoria	121ª Cp. mitragl.
136ª Legione CC.NN. d'Assalto	CXXX L'Aquila, CXXXVI Chieti	130ª Cp. mitragl.
141ª Legione CC.NN. d'Assalto	CXLI Caserta, CLIII Brindisi	252ª Cp. mitragl.
152ª Legione CC.NN. d'Assalto	CLII Lecce, CLV Matera	152ª Cp. mitragl.
164ª Legione CC.NN. d'Assalto	CLXIII Reggio Calabria, CLXIV Catanzaro	164ª Cp. mitragl.
166ª Legione CC.NN. d'Assalto	CLXVI Messina, CLXVII Catania	166ª Cp. mitragl.

Delle 24 Legioni assegnate, le Legioni 23, 49, 92 e 108 hanno combattuto solo contro gli jugoslavi.

RAGGRUPPAMENTI BATTAGLIONI D'ASSALTO CC.NN.:

Raggruppamento CC.NN. *Diamanti*

28a Legione Camicie Nere d'Assalto *Randaccio* :
XI battaglione Camicie Nere d'Assalto (Casale)
XXVIII battaglione Camicie Nere d'Assalto (Vercelli)
79a compagnia mitraglieri CC.NN.

108a Legione CC.NN. *Stamira* :
CII Camicie Nere d'Assalto (Perugia)
CVIII Camicie Nere d'Assalto (Ancona)
108a compagnia mitraglieri CC.NN.

115a Legione Camicie Nere d'Assalto *del Cimino*:
CXV battaglione Camicie Nere d'Assalto (Viterbo)
CXXI battaglione Camicie Nere d'Assalto (Littoria)
121a compagnia mitraglieri CC.NN.

136a Legione Camicie Nere d'Assalto *Tre Monti* :
CXXX Camicie Nere d'Assalto (L'Aquila)
CXXXVI Camicie Nere d'Assalto (Chieti)
130a compagnia mitraglieri CC.NN.

152a Legione Camicie Nere d'Assalto *Acciaiata:*
CLII battaglione Camicie Nere d'Assalto (Lecce)
CLV battaglione Camicie Nere d'Assalto (Matera)
152a compagnia mitraglieri CC.NN.

Raggruppamento CC.NN. d'Assalto *Struga*
(Luogotenente Generale Alessandro Biscaccianti)

80a Legione Camicie Nere d'Assalto *Alessandro Farnese*
XXVI battaglione Camicie Nere d'Assalto (Legnano)
LXVII battaglione Camicie Nere d'Assalto (Bologna)
80a compagnia mitraglieri CC.NN.

109a Legione Camicie Nere d'Assalto *Filippo Corridoni*
CIX battaglione Camicie Nere d'Assalto (Macerata)
CXVI battaglione Camicie Nere d'Assalto (Rieti)
109a compagnia mitraglieri CC.NN.

XCIII battaglione Camicie Nere d'Assalto (Empoli).

Gruppo battaglioni CC.NN. Galbiati:

VIII battaglione Camicie Nere da montagna (Varese)
XVI battaglione Camicie Nere da montagna (Como)
XXIX battaglione Camicie Nere da montagna (Arona)

Alla campagna di Grecia hanno partecipato anche i seguenti Battaglioni non indivisionati, poi inquadrati nei Raggruppamenti CC.NN. sopra ricordati:

IX Battaglione CC.NN. d'assalto (Sondrio)
X Battaglione CC.NN. d'assalto (Voghera)
XII Battaglione CC.NN. d'assalto *Monte Bianco* (Aosta)
LXXXV Battaglione CC.NN. d'assalto (Apuania)
XCIII Battaglione CC.NN. (Empoli)
VIII Battaglione CC.NN. (Varese)
XVI Battaglione CC.NN. (Como)
XXIX Battaglione CC.NN. (Arona)

CORRISPONDENZA TRA I GRADI
DELLA M.V.S.N. E DEL REGIO ESERCITO

Milizia Volontaria Sicurezza Nazionale	Regio Esercito
Comandante Generale	Generale di Corpo d'Armata
Luogotenente Generale	Generale di Divisione
Console Generale	Generale di Brigata
Console	Colonnello
Primo Seniore10	Tenente Colonnello
Seniore	Maggiore
Centurione	Capitano
Capomanipolo	Tenente
Sottocapo manipolo	Sottotenente
Primo Aiutante	Maresciallo Maggiore
Aiutante Capo	Maresciallo Capo
Aiutante	Maresciallo Ordinario
Primo Caposquadra	Sergente Maggiore
Caposquadra	Sergente
Vicecaposquadra	Caporal Maggiore
Camicia Nera scelta	Caporale
Camicia Nera	Soldato

---

10 Nella Milizia Coloniale.

BIBLIOGRAFIA

AAVV 1962, *Milizia Armata di Popolo*, Roma.

E. Aga Rossi 2011, *Una guerra a parte, I militari italiani nei Balcani 1940 -1945*, Bologna.

P. Athanassiou 2017, *Armies of the Greek-Italian War 1940–41*, Oxford.

A. Augello 2009, *Uccidi gli italiani. Gela 1943, la battaglia dimenticata*, Milano.

P. Badoglio, 1982, *L'Italia nella seconda guerra mondiale : prima e dopo il 25 luglio 1943*, Milano.

F. Bandini 2013, *Tecnica della disfatta*, Firenze (nuova ed.)

G. Bottai 1989, *Diario 1935- 1944* (a cura di G. B. Guerri), Milano.

O. Bovio 1999, *In alto la bandiera. Storia del Regio Esercito*, Foggia.

G. Bucciante 1987, *I generali della dittatura*, Milano.

E. Carobbio s.d., *CXIV - XIV Battaglione CC.NN. (Bergamo) e XV Battaglione CC.NN. (Brescia) nelle campagne d'Africa (1935-36),di Albania (1940-41), di Russia (1942-43)*, Bergamo.

F. Casati 2008, *Soldati, generali e gerarchi nella Campagna di Grecia Aspetti e tematiche di una guerra vista da prospettive differenti*, Civitavecchia.

U. Cavallero 1984, *Diario 1940- 1943* (a cura di G. Bucciante), Roma.

M. Cervi 1986, *Storia della guerra di Grecia, ottobre 1940- aprile 1941*, Milano.

L. Ceva 1999, *Storia delle Forze Armate in Italia*, Torino.

G. Ciano 1990, *Diario 1937- 1943* (a cura di R. De Felice), Milano.

M. Clementi 2013, *Camicie nere sull'Acropoli. L'occupazione italiana in Grecia (1941-1943)*, Roma.

S. Corvaja 1982, *Mussolini nella tana del lupo*, Milano.

P. Crociani, P.P. Battistelli, 2010, *Italian Blackshirt 1935- 1945*, Oxford.

F.W. Deakin 1962, *The Brutal Friendship. Mussolini, Hitler and the Fall of Italian Fascism*, London (tr. it. in 2 voll., Torino 1990)..

R. De Felice 1981, *Mussolini il duce. II Lo Stato totalitario 1936- 1940*, Torino.

R. De Felice 1990, *Mussolini l'alleato. 1. L'Italia in guerra 1940-43. 1. Dalla guerra "breve" alla guerra lunga*, Torino..

D. Del Giudice 2003, "L'85° Battaglione Camicie Nere. Storia ed impiego dal 1937 al 1945", *Storia e battaglie 22*.

E. Faldella 1960, *L'Italia nella seconda guerra mondiale*, Bologna.

S. Foderaro 1939, *La Milizia volontaria e le sue specialità*, Padova.

E. Galbiati 1942, *La Milizia al vaglio della guerra*, Milano.

E. Galbiati 1942a, *Battaglioni M*, Roma.

V. Ilari, A. Sema 1989, *Marte in orbace: guerra, esercito e Milizia nella concezione fascista della nazione*, Ancona.

Istituto di Propaganda Fascista 1942 XX, *Commento alla Milizia*, Roma

A. Gualazzetti 2012, *Dalle Alpi occidentali al monte Beshishtit, 1940-1941: diario di guerra inedito di un capo manipolo del VII Battaglione CC.NN. di Pavia*, Voghera.

S. Jowett 2000, *The Italian Army 1940- 1945 [1] Europe 1940- 43*, Oxford.

J. Latimer 2000, *Operation Compass. Wawell's Whirlwind Offensive*, Oxford.
R. Lazzero 1985, *Il partito nazionale fascista*, Milano.
A. Lombardi (a cura di) 2008, *L'ultima Blitzkrieg - Le campagne della Wehrmacht nei Balcani: Jugoslavia, Grecia e Creta*, Genova,
F. Lombardi, A. Gualazzetti 2009, *Studio bibliografico sulla Milizia Volontaria per la Sicurezza Nazionale: 735 voci bibliografiche su un esercito dimenticato*, Voghera.
E. Lucas, G. De Vecchi 1976, *Storia delle unità combattenti della M.V.S.N.*, Roma.
D. Mack Smith 1976, *Le guerre del Duce*, tr. it. Roma- Bari.
A Mollo 1981, *The Armed Forces of World War II*, London (tr. it. Novara 1982).
M. Patricelli 2016, *L'Italia delle sconfitte: Da Custoza alla ritirata di Russia*, Roma- Bari.
G. Pini, D. Susmel 1973, *Mussolini l'uomo e l'opera,* 4 voll, IV^a ed. Firenze.
L. Pirocchi 2011, *Le Camicie Nere 1935- 1945*, Gorizia.
C. Rastrelli 2016, *L'ultimo comandande delle camicie nere: Enzo Emilio Galbiati*, Milano.
E. von Rintelen 1947, *Mussolini l'alleato*, Roma.
G. Rochat 2006, *Le guerre italiane 1935-1943. Dall'impero d'Etiopia alla disfatta*, Torino.
P. Romeo di Colloredo 2008a, *Emme rossa! Le Camicie Nere in Russia 1941-1943*, Genova.
P. Romeo di Colloredo 2009, *I Pretoriani di Mussolini. Storia militare della Milizia Volontaria per la Sicurezza Nazionale*, Roma.
P. Romeo di Colloredo 2009, *I Pilastri del Romano Impero. Le Camicie Nere in Africa Orientale1935- 1936*, Genova.
P. Romeo di Colloredo 2010, *Croce di ghiaccio. CSIR e ARMIR in Russia*, Genova.
P. Romeo di Colloredo 2012, *Frecce Nere! Le camicie nere in Spagna 1936-1939,* 2a ed. Genova
P. Romeo di Colloredo 2017, *Camicia Nera! Storia militare della Milizia Volontaria per la Sicurezza nazionale dalle origini al 25 luglio*, Bergamo.
G. Rosignoli 1980, *M.V.S.N. 1923-1943. Badges and Uniform of the Italian Fascist Militia*, Farnham.
G. Rosignoli 1995, *M.V.S.N.. Storia, organizzazione, uniformi e distintivi*, Parma.
A. Rossi 2004, *La guerra delle camicie nere. La Milizia fascista dalla Guerra mondiale alla guerra civile*, Pisa.
L. Russo 1939, *La Milizia nel quadro della Nazione Militare*, in*Le Forze Armate dell'Italia fascista*, studi e documenti raccolti e ordinati da T. Sillani, Roma.
Ufficio Propaganda della MVSN 1942, *Canti Legionari* (IIa ed), Roma
Ufficio Storico dello Stato Maggiore dell'Esercito 1980, *La campagna di Grecia*, Roma.
Ufficio Storico dello Stato Maggiore dell'Esercito 2001, *Immagini della Seconda Guerra Mondiale. La Campagna Italo-Greca (1940-1941)*, Roma.
Ufficio Storico dello Stato Maggiore dell'Esercito 2001a, *Gli Albanesi nelle Forze Armate italiane (1939-1943)*, Roma.
S. Visconti Prasca 1946, *Ho aggredito la Grecia*, Milano.
J. Whittam 1977, *The Politics of the Italian Army*, London (tr.it. Milano 1979).

R. Zizzo 2008, *Ottobre 1940. La Campagna di Grecia*, Campobasso.

I diari e le relazioni delle unità combattenti della M.V.S.N. esclusi quelli perduti per eventi bellici, sono conservati negli Archivi dell'Ufficio Storico dello Stato Maggiore dell'Esercito.

SOLDIERSHOP
PUBLISHING
STORIA